LE SORT EN EST JETÉ

TIMBERWOLF LODGE
TOME 3

VIVIAN AREND

Traduction par
ADELINE NEVO

Ceci est une œuvre de fiction. Les noms, les personnages, les lieux et les incidents sont le produit de l'imagination de l'auteur ou sont employés de manière fictive, et toute ressemblance à des personnes, existant ou ayant existé, des entreprises, des événements ou des lieux ne serait qu'une coïncidence.

AUCUNE FORMATION À L'IA : Sans limiter en aucune manière les droits exclusifs de l'auteur [et de l'éditeur] en vertu du droit d'auteur, toute utilisation de cette publication pour « entraîner » les technologies d'intelligence artificielle (IA) générative pour générer du texte est expressément interdite. L'auteur se réserve tous les droits de licence d'utilisation de ce travail pour la formation à l'IA générative et le développement de modèles de langage d'apprentissage automatique.

— 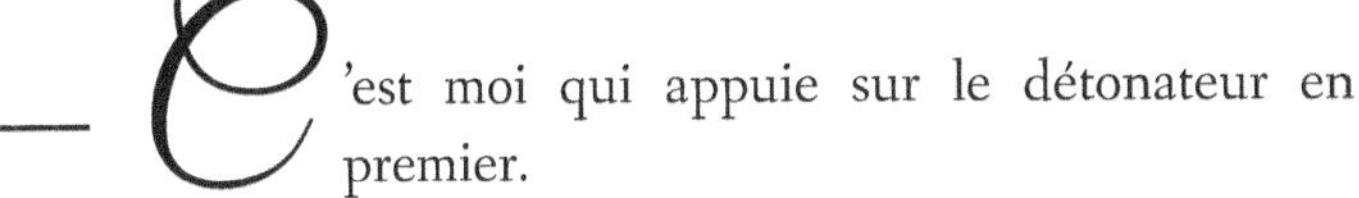C'est moi qui appuie sur le détonateur en premier.

— Moi en deuxième.

— Je suis plus grand que toi. C'est à moi de le faire.

Les trois voix excitées de ses neveux résonnaient en cette journée de fin septembre alors que Stephanie Nix passait près d'eux. Les garçons lui firent un petit signe de la main avant de retourner supplier Marvin, leur baby-sitter/professeur/garde du corps élan-métamorphe. Deux petits corps, un moyen et un énorme.

Ils étaient tous les quatre assis sur la pelouse, au bord du lac de Timberwolf avec quelque chose de scintillant posé entre eux. Prise de curiosité, Stephanie hésita avant de se raviser. Participer aux aventures des enfants était très amusant, mais elle avait une mission spéciale à accomplir. Par ce beau temps, elle n'avait pu résister à une promenade autour du lac, mais il était temps de se remettre au travail.

Enfin... façon de parler, car était-ce vraiment du travail quand on adorait ce qu'on faisait ? Pouvait-elle se plaindre de ses tâches quotidiennes dans cette situation ? Elle ne le pensait pas.

La soirée dernière avait été agréable, clôturant un super week-end et un été fantastique...

Non, il lui fallait un meilleur mot : un été inoubliable au cours duquel elle, sa sœur et sa meilleure amie avaient découvert que le lodge isolé en pleine nature sauvage qu'elles avaient gagné à la loterie comportait une meute de loups-garous – chose on ne peut plus inhabituelle. Cependant, jusqu'ici tout allait bien.

Stephanie sifflota joyeusement en montant deux par deux les marches du perron. Elle retira ses chaussures à la porte, puis entra dans la cuisine et fit valser sa sœur, Stacy, en la serrant contre elle.

— Tu me fais un ragoût de thon pour le dîner.

— Il me semble que c'est pour tout le monde, ironisa Stacy avant de resserrer sa queue de cheval. Mais oui, tu pourras en avoir... si tu as fini tes corvées.

Stephanie croisa les bras sur sa poitrine et lui lança un regard noir.

— Écoute, Maman Loup, ce n'est pas parce que la meute adore tes manières de matrone que tu es ma chef.

Sa sœur haussa un sourcil.

— C'est tout ? Pas de « et toc » ? Tu ne tires pas la langue ?

— J'ai décidé d'accepter mon adulte intérieur.

Stacy émit un petit grognement.

— Bonne chance alors, dit-elle avant de faire claquer son torchon sur les fesses de Stephanie. Sors de ma cuisine, vermine, ou je te ferai faire la vaisselle.

— Je ne peux pas, je ne veux pas, je ne ferai pas, rétorqua Stephanie en s'éloignant aussi vite que possible.

Stacy était diabolique pour fouetter avec un torchon.

Elle quitta la cuisine et entra dans le salon. Là, le troisième membre de son trio d'amies contemplait un chevalet recouvert d'échantillons de tissu, de coupures de magazines représentant des vêtements et des plats, et un nombre scandaleux de Post-its.

— Tu fais des collages sans moi ? fit Stephanie, l'air outré. Passe-moi le bâton de colle tout de suite et personne ne sera blessé.

Cassidy secoua la tête, ses cheveux châtains rebondissant légèrement tandis qu'elle faisait signe à son amie d'approcher.

— Je me débrouille bien sur certains aspects, mais pas vraiment pour d'autres. J'essaie de déchaîner mon inspiration.

— De l'inspiration à propos de quoi ?

Sa meilleure amie fronça le nez en déplaçant un Post-it marqué « événement familial » de la case « décembre » à la case « mars ».

— Pour planifier les thèmes et les événements de l'année à venir. On a fait une ouverture partielle réussie la semaine dernière, mais il ne nous reste que neuf mois pour obtenir l'approbation finale des autorités. Je veux tout faire pour que Timberwolf Lodge nous appartienne pour de bon.

— Ça se passe bien pour l'instant, non ? dit Stephanie en regardant le collage de plus près. Et la semaine dernière, ce n'était pas une réussite mais un succès retentissant. Tous ceux qui étaient là ont dit que s'ils avaient eu leur mot à dire, nous aurions déjà remporté le défi.

Ce défi impossible et incroyable.

Lorsque Cassidy avait mis leurs noms dans le chapeau, au printemps dernier, et remporté Timberwolf Lodge à la loterie, il y avait eu une condition : elles devaient faire leurs preuves auprès de la *meute Wilson* pour que la victoire soit officielle et définitive. Après trois mois, cette expression nébuleuse était à présent claire : elles devaient impressionner une bande de loups-garous.

Qu'à cela ne tienne ! Enfin... peut-être.

Stephanie regarda à nouveau le tableau.

— Je te suggère de commencer à faire des to-do lists et de mettre moins de photos. Parce qu'on dirait plutôt que tu prévoies un massacre pour la Saint-Valentin ou un mariage noir.

Cassidy battit des cils et se pencha sur le chevalet pour ajuster les photos.

— Oups. Mes Post-its ont glissé.

— Tu me rassures, parce que d'énormes couteaux noirs dans des fleurs pourraient devenir une tendance, mais il y a de grandes chances que non...

— Eh, on ne sait jamais. Regarde comme le lancer de haches a bien marché.

— Le lancer de haches est une activité utile et quotidienne dans de nombreux foyers, déclara Stephanie pince-sans-rire.

Sa meilleure amie tomba droit dans le piège.

— Quotidienne ? répéta-t-elle.

— Bien sûr, dit Steph en souriant gentiment. C'est ce que toi et Jace faites dans votre cottage chaque nuit, n'est-ce pas ? Sinon d'où viendraient ces bruits sourds et constants ?

Cassidy rougit. Elle ouvrit et ferma la bouche plusieurs fois, puis elle plissa les yeux.

— Tu écoutes aux portes.

— J'ai l'ouïe très sensible. Ou alors vous êtes bruyants. Peut-être les deux, répondit Stephanie avant de reculer pour échapper aux représailles. Je peux rester et t'aider si tu veux.

— Non, pas maintenant. J'ai déjà ta liste d'idées pour le

spa. Une fois que j'aurai trouvé comment organiser tout ça et que j'en serai à l'étape des détails, tu pourras utiliser tes compétences pour créer des listes et nous nous amuserons à planifier le reste.

— C'est tout à fait mon domaine. Maintenant, il faut que j'aille embêter mon loup préféré.

— Dis bonjour à Blue de ma part, dit Cassidy en retournant à sa tâche, l'attention déjà détournée de Stephanie.

Peut-être aurait-elle dû se sentir coupable ? Ses deux amies travaillaient dur, et pourtant elle était là, flânant paresseusement devant l'immense porte d'entrée de Timberwolf Lodge dans l'air frais de cette matinée d'automne. Comme elle avait retiré ses chaussures sur le perron arrière, elle s'avança sans bruit, en chaussettes.

Non. La culpabilité n'était pas autorisée. Elle travaillait dur elle aussi et elle avait droit à une pause. S'occuper d'un spa impliquait un travail sans relâche quand il y avait des clients. Et elle passait également de longues heures à aider aux autres tâches du domaine.

Si elle voulait souffler un peu et s'asseoir un moment auprès de Blue Carter, elle en avait le droit. Ses méditations du matin avaient souligné la nécessité de prendre du temps pour elle au cours des jours à venir, et c'était ce qu'elle allait faire. Elle aimait écouter l'univers et suivre ses conseils. La vie se déroulait généralement mieux ainsi.

Stephanie s'arrêta pour observer l'homme. Grand, mince, mais musclé, avec une tignasse blonde de surfeur qu'il avait attachée en chignon aujourd'hui.

Blue Carter était... unique.

Dans une meute d'individus puissants, il se situait en dehors de la norme dans presque toutes les catégories.

Jace, le compagnon de Cassidy, était un puissant et

grand Alpha, à la limite du connard par moments, mais Cassidy l'était aussi. Ils faisaient la paire en matière d'autoritarisme.

Le compagnon de Stacy s'appelait Delaney, et c'était le meneur de la meute. Ce travail impliquait bien plus d'encouragements et de félicitations que de violences, ce qui convenait parfaitement au style maternant de sa sœur. Stacy était une femme ferme mais affectueuse. Dotée d'un grand cœur, elle était toujours disposée à écouter ses trois fils, et tous les adolescents de la meute qui venaient à présent la voir en masse.

Blue était l'Omega de la meute. Pas le chef ni le parent. Il se comportait souvent comme le bouffon de la cour, mais Stephanie le soupçonnait de faire cela pour amuser les autres. Elle le trouvait charmant et facile à vivre. Il portait des vêtements aux couleurs si criardes que parfois cela ressemblait à de la provocation. Son cœur était bon, mais il avait suffisamment de punch pour que personne ne le cherche.

Ou alors c'était grâce à ses fameux pouvoirs mystiques d'Omega que les loups essayaient, sans succès, de lui expliquer. « Blue sait des choses », disaient-ils. « Blue calme les gens », ajoutaient-ils.

Stephanie continua de l'observer. Blue s'était révélé être un bon ami au cours des trois derniers mois, et Stephanie aimait avoir le plus d'amis possible dans sa vie.

Il gémit, ferma les yeux et s'avachit.

— Ce n'est pas ce que j'ai envie d'entendre.

— Tu as un écouteur dans l'oreille ? Parce que je n'entends rien, dit-elle en le rejoignant sur la balancelle.

Blue ouvrit brusquement les yeux et tourna la tête à droite.

— Comment as-tu fait pour t'approcher comme ça ? se plaignit-il, choqué que son loup ne l'ait pas prévenu.

— Peut-être que je suis magique, dit-elle en agitant les doigts devant son visage.

Peut-être bien qu'elle l'était.

Pour Blue et son loup, Stephanie était le rêve ultime. Sa compagne prédestinée... ou du moins, elle le serait un jour.

Voilà qui était une parole bien étrange pour un loup, même pour un loup Omega.

Il savait depuis le premier jour où les filles étaient arrivées qu'elle était celle qu'il lui fallait... mais que ce n'était pas encore le bon moment.

Il avait conscience que cela n'avait aucun sens. Les compagnons prédestinés étaient ce qu'ils étaient. Sauf que son lien avec Steph ressemblait davantage à avoir tous les ingrédients d'un gâteau sur la table. Personne n'appellerait cela un gâteau tant que le tout n'aurait pas été mélangé dans le bon ordre et cuit suffisamment longtemps.

Ce qui signifiait qu'il devait continuer comme il l'avait fait au cours des derniers mois. Il devait réfréner son désir d'elle et s'empêcher de la revendiquer, même s'ils flirtaient constamment.

Blue renifla avec dédain avant de la regarder de plus près.

— Des chaussettes sur le porche ? Tu vas attraper un rhume, ma grande.

Stephanie se rapprocha et posa une couverture sur leurs jambes.

— Et toi alors, qui es assis dans le froid sans veste ? Tu

vas attraper une pneumonie, ou comme dirait Ace, une pee-uwww-moan-nie.

Blue passa son bras autour des épaules de la jeune femme et la serra amicalement contre lui, tout en envisageant de demander la canonisation. À les voir ainsi, ils ressemblaient à de bons vieux copains... Copain avec sa compagne prédestinée.

La sainteté lui serait très certainement accordée de ne pas la coincer pour n'en faire qu'une bouchée géante.

— On va tous les deux avoir le nez qui coule. Stacy nous fera de la soupe au poulet et Cassidy nous fera regarder de vieux films déprimants où tout le monde a raté sa vie pour être sûre qu'on garde le moral.

— J'ai entendu, cria Cassidy à travers la fenêtre derrière eux.

— Tu écoutes aux portes ? Quel comportement désolant, plaisanta Stephanie.

— Je suis là, et vous parlez de moi, se plaignit Cassidy.

— Alors ne reste pas là. Jace n'est pas à la maison ? Va retrouver ton loup pour lui lancer des haches, déclara joyeusement Stacy en sortant sur la terrasse et en prenant une profonde inspiration. Quelle incroyable vue.

— Les sommets sont toujours enneigés, dit Blue en pointant les montagnes du doigt.

Près de lui, Steph frissonna.

— On gèle. C'est tellement excitant : notre premier hiver à Timberwolf Lodge.

— Notre succès avec les premiers clients cette semaine était également excitant. Tout le monde semblait satisfait.

— Et c'était encore plus amusant que ce soit notre propre lodge et mon propre spa, approuva Stephanie avant de hausser les épaules et ajouter avec nonchalance : tout n'était pas parfait, cependant. Je dois mieux planifier mon temps et voir si quelqu'un en ville pourrait m'aider en cas d'affluence. J'ai détesté refuser des gens, mais j'étais vraiment complète.

— Tu étais tellement occupée que je t'ai à peine vue de toute la semaine, se plaignit Blue.

— Oh, et je t'ai manqué ?

— Tout à fait, admit-il volontiers.

Stephanie émit un petit bruit satisfait.

— Eh bien, tu m'as un peu manqué aussi. Mais tu étais occupé toi aussi. Entre Jace qui refusait de quitter Cassidy d'un pas, et Del qui affirmait être indispensable au lodge, quelqu'un devait surveiller la meute.

— Oui, j'étais débordé. Très occupé à boire des tasses de café, de thé et manger beaucoup trop de gâteaux. Tout le monde fait des gâteaux dans cette meute, et j'aime encore plus les tartes.

C'était d'ailleurs peut-être pour cela qu'il avait comparé sa relation avec sa compagne à un gâteau tout à l'heure.

— Je m'en souviendrai, promit Steph.

Heureusement que ses compétences d'Omega n'étaient pas complètement fichues ; celles qui voyaient les choses un peu avant qu'elles se produisent. Ces derniers temps, c'était comme si l'avenir était flou.

Il soupçonnait que cela avait un rapport avec le fait que Stephanie était sa compagne. Ce n'était pas encore le cas... mais peut-être bientôt ? Il n'avait aucune certitude pour le moment.

Ou peut-être était-ce à cause d'Emma Wilson. Une louve maléfique et avide de pouvoir qui avait été chassée de la meute quelques semaines auparavant. Blue avait le sentiment que Timberwolf Lodge n'avait pas fini d'entendre parler d'elle.

Lorsque Stephanie posa sa tête sur son épaule, quelque

chose remonta le long de sa nuque, mais disparut avant qu'il puisse l'analyser. Steph ne sembla pas s'en rendre compte.

Ce n'était pas une décharge électrique, sinon elle l'aurait ressentie. Il posa donc doucement sa tête contre la sienne, et ils restèrent collés l'un à l'autre à fixer les montagnes.

Ensemble... mais pas encore.

Son loup étant plutôt bavard habituellement, Blue trouva cela étrange qu'il se contente de quatre simples mots. Mais il savait que cela ne servirait à rien d'insister.

Cela arriverait quand cela devrait arriver. Il n'avait aucun doute à ce sujet.

Seigneur, faites que ce ne soit pas trop long, sinon il se transformerait en une boule de poils et de frustration, et ce n'était jamais bon pour un loup Omega. Il finirait par rendre toute la meute nerveuse.

Pour le moment, il accepta ce petit morceau d'affection que Stephanie lui offrait, et le savoura.

— On est bien, dit-il en lui donnant un petit coup de coude affectueux.

— Oui. C'est vrai.

Ils se sourirent et Blue plongea dans son regard. Parfois, il se disait qu'il méritait un prix pour sa patience incroyable. Et puis elle le regardait avec ses grands yeux bleus, et il savait qu'il l'attendrait éternellement s'il le fallait.

— C'est si agréable et paisible qu'il va sûrement se passer quelque chose pour tout gâcher, dit-elle espiègle.

— Oh, toi, la radieuse et rayonnante optimiste.

— N'est-ce pas ?

C'est à ce moment-là que l'explosion se produisit.

Un énorme boum qui fit écho dans les maisons et les montagnes lointaines, et résonna dans leurs oreilles. Ils se levèrent d'un bon.

Un nuage de fumée s'élevait derrière Timberwolf Lodge.

2

———

*E*lle ne pouvait pas courir aussi vite que Blue, mais elle devinait dans quelle direction se diriger.

— Au bord du lac. Marvin y était avec les enfants.

Blue fonça droit devant, ses jambes en devenant floues, et disparut avant qu'elle ait fini de parler.

Quand elle le rejoignit, la fumée s'était presque entièrement dissipée. Une trace de brûlure sur l'herbe indiquait l'endroit où l'explosion avait eu lieu, et même si quatre corps gisaient sur le sol à quelques mètres de là, les enfants semblaient hurler de rire et non de douleur.

— C'était trop cool, s'écria joyeusement Blaze.

Colt, Blaze et Ace poussèrent des woohoo et des wheee en se relevant rapidement. Les enfants retirèrent leurs protections auditives et coururent vers Blue qui aidait Marvin à se relever.

— Waouh. C'était... inattendu, émit le géant qui était la fois la nounou et le professeur des enfants de Timberwolf Lodge.

Marvin se releva et se dressa au-dessus des deux mètres

de Blue, la barbe emmêlée et les cheveux encore plus ébouriffés qu'à la normale, ce qui n'était pas peu dire.

— Tu ne savais pas que ça allait exploser ? demanda Stacy qui venait d'arriver.

Elle passa rapidement les garçons en revue, et ne voyant aucune blessure, sembla se calmer.

— Oh, le but était bien de la faire exploser, avoua Marvin.

— C'était une fusée, maman, expliqua Ace avec enthousiasme, en montrant le lac du doigt où un triangle argenté et scintillant accroché à un parachute descendait paresseusement.

— Ce n'est quand même pas normal toute cette fumée, émit Colt en rapprochant et éloignant les instructions qu'il tenait devant lui, les sourcils froncés.

Blaze sautilla sur place avec un grand sourire. Stephanie savait que c'était le classique « J'ai une blague ». Ou alors il avait envie de faire pipi.

— Oui, Blaze ?

Vibrant de bonheur, il se tourna vers elle.

— Tu sais comment marche un loup quand il voit une explosion ?

— Non, comment ? demanda-t-elle docilement, comme la tante géniale qu'elle était.

— À pas de BOUM !

Des ricanements s'élevèrent parmi le groupe qui avait été rejoint par Jace et Cassidy. La nouvelle figure paternelle des garçons, Del, était le seul leader manquant car il s'était rendu en ville, à son cabinet d'avocat.

L'expression penaude, Marvin parcourut l'assemblée du regard.

— Ce n'était pas prévu, croyez-moi. Les garçons étaient

à une bonne distance et portaient tous des équipements de sécurité.

Stephanie posa une main rassurante sur son bras.

— Bien sûr. On le sait.

L'expression contrite de Marvin, le métamorphe élan, était d'autant plus étrange qu'il n'était pas sorti indemne de ce désastre. Comment devait-elle lui annoncer ?

Blue prit les devants et s'éclaircit la gorge.

— Euh, Marvin ?

— Oui ? fit le géant en agitant une main dans les airs pour chasser la fumée persistante, sans se rendre compte qu'il en était la source.

— Il te manque quelque chose, dit Blue en désignant ses propres sourcils. Tu n'en as presque plus.

Marvin pinça les lèvres, ce qui, avec ses sourcils manquants, lui donna un air plutôt comique. Il toucha son visage avec précaution, puis haussa les épaules.

— Voilà bien une chose que je n'avais encore jamais essayée.

— Allez, les enfants. Allons faire découvrir à Marvin le monde merveilleux de la crème antiseptique et peut-être du crayon à sourcils, dit Stacy en saisissant la main d'Ace avant qu'il puisse courir chercher la fusée. Et vous êtes de corvée aide-cuisinier.

— Mais, maman, la fusée...

— Je m'en charge, promit Jace. Ta mère a besoin d'aide, sinon le repas ne sera jamais prêt.

Ace écarquilla les yeux avant de répondre :

— D'accord.

Il suivit alors ses frères et sa mère qui guidait un Marvin encore légèrement étourdi jusqu'à la cuisine.

Cassidy enfonça son orteil dans la zone brûlée.

— Je suppose que ça valait le coup. Au nom de la science et de tout ça.

— Il y a des graines de gazon dans le cabanon. Je peux m'en occuper, proposa Blue.

— Merci, dit Cass en prenant la main de Jace. Je t'accompagne récupérer les pièces de la fusée. J'ai besoin d'une pause cérébrale.

Stephanie resta donc seule avec Blue. Celui-ci se pencha pour toucher la partie noircie du gazon, et la jeune femme l'imita.

— Pouah, fit-elle. Tu peux vraiment réparer ça ?

— Bien sûr. Enfin, pas vraiment moi, mais le temps, et beaucoup de graines de gazon, dit-il en lui souriant. Autant pour notre câlin douillet et relaxant sur le porche.

— L'adrénaline est bonne pour le corps d'après ce qu'on m'a dit, dit-elle en se souvenant de la raison pour laquelle elle était allée le retrouver. Je me demandais si tu pouvais me donner un coup de main aujourd'hui. Une fois que tu auras fini d'être le gourou jardinier.

— Bien sûr. Je suis tout à toi.

C'était bien trop facile. Elle l'étudia un instant avant de déclarer :

— Tu sais, je te demande beaucoup de services. Tu dis toujours oui sans même me poser de questions.

Blue haussa les épaules.

— Et alors ? Si tu as besoin d'aide, tu as besoin d'aide. Tu m'imagines te répondre : « Si tu veux de l'aide pour un truc que je n'aime pas, ne compte pas sur moi » ? Je serai un drôle d'ami.

— Peut-être. Mais c'est ce que feraient certaines personnes.

— Je ne suis pas « certaines personnes », rétorqua-t-il avec un clin d'œil. De quoi s'agit-il ?

— Je teste mes nouvelles aiguilles d'acupuncture. Je ne suis pas sûre, mais il se peut qu'on m'ait envoyé des aiguilles trop longues.

L'expression de Blue ne varia pas vraiment. Un léger battement de cils et un frémissement à la racine de ses cheveux furent les seuls indices.

— Ah, d'accord.

Stephanie essaya de ne pas sourire, même si son but n'était pas de lui faire peur...

En fait si : elle voulait lui faire peur. Facile à vivre ou pas, Blue avait besoin d'apprendre cette leçon.

— Je suis sûre de me souvenir de toutes les règles de placement, mais je dois me rafraîchir la mémoire pour la région de l'aine et la plante des pieds. Avec une douzaine d'aiguilles à chaque endroit, je serai au top.

Blue déglutit mais réussit à conserver son sourire.

— Euh. Pour résumer, tu veux me planter des aiguilles dans l'aine et dans la plante des pieds ?

— C'est ça, dit-elle en lui saisissant le coude pour l'entrainer vers le lodge afin qu'il ne puisse pas voir qu'elle avait du mal à conserver son sérieux.

Il fit trois pas avec elle avant de s'arrêter brusquement.

— Attends.

Ah, ouf ! Mais elle devait aller jusqu'au bout.

— Oui ? fit-elle en battant des cils innocemment.

— Toi, dit Blue en plissant les yeux.

— Moi ?

— Tu te moques de moi.

— Pourquoi ferais-je ça ?

Il hésita.

— Pour me donner une leçon ?

— Pourquoi aurais-tu besoin d'une leçon, Blue ? Ou je devrais plutôt t'appeler Monsieur Coopératif ?

Il émit un petit reniflement amusé et lui sourit. Un sourire sincère cette fois.

— Steph, en quoi puis-je vraiment t'aider ?

— J'ai reçu une livraison d'huiles de massage. Je connais leur usage mais je dois tester leur odeur et leur texture. Est-ce que je pourrai te masser ce soir ?

— Franchement, je ne sais pas. Ça pourrait être dangereux. D'abord, tu vas vouloir me masser, et avant que je comprenne ce qui m'arrive, je vais me retrouver dans une baignoire remplie de glace et tu seras en train de prélever mes reins.

Stephanie ricana d'une manière bien peu distinguée.

— C'est très bien. Bien mieux que : « Bien sûr, je suis tout à toi. »

Il sourit.

— Je voulais juste voir si tu écoutais. Oui, j'adorerais un massage, même si je vais sentir la rose. Après dîner ou avant ?

— Après, s'il te plaît. J'ai plein de choses à faire avant.

— Alors je suis ta victime consentante. À plus tard.

— Tu es le meilleur, dit-elle en le serrant dans ses bras.

— C'est certain.

Il lui tapota le dos et s'écarta avant de lui adresser un clin d'œil et se diriger en sifflotant vers l'abri de jardin.

Un homme bien. Un bon ami.

Une douce bulle de bonheur éclata dans son ventre et remonta vers son cœur. Venir à Timberwolf Lodge avait été une si bonne décision.

D'autant plus que ça m'a éloignée de choses que je préfère oublier.

BLUE ATTENDIT d'être à l'intérieur de l'abri de jardin avant de s'effondrer contre le mur et gémir comme un zombie.

— Pourquoi ? Pourquoi est-ce qu'elle me torture comme ça ?

Il savait pourtant qu'après le dîner, il se rendrait au spa de Steph et la laisserait poser ses mains sur tout son corps.

Il devait surement avoir des tendances masochistes jusqu'alors inconnues.

Patience. Un jour, notre bateau accostera.

Pourvu qu'il ne se retrouve pas enclavé...

Blue se ressaisit et fouilla dans les affaires jusqu'à trouver des graines de pelouse et du terreau.

Il trouva également quelques souvenirs de jeunesse qui le firent sourire et lui donnèrent une idée de distraction agréable pour l'après-midi. Ce soir, il souffrirait, mais après le travail, voilà à quoi ils allaient s'amuser.

La préparation et le réensemencement de la zone brûlée prirent environ une heure. Après quoi il retourna à l'abri de jardin pour récupérer ses trésors.

Il transporta les paniers de disque-golf et le sac de sport rempli de disques sur une partie de pelouse intacte, proche des arbres. Il n'y avait que neuf paniers, mais c'était plus que suffisant pour commencer. Il observa le terrain et imagina les trajectoires de vol possibles pour différents coups.

Del arriva juste au moment où Blue plaçait le troisième panier.

— Tu es sérieux ? Je n'y ai pas joué depuis des années.

— La dernière fois que je me souviens avoir vu Oncle J. les installer, c'était il y a presque quinze ans, dit Blue en remerciant Del d'un hochement de tête de l'aider à régler la hauteur des paniers.

Chaque tige à hauteur de hanche était surmontée d'un

petit panier métallique plat, avec un autre cercle métallique quelques centimètres plus haut. Le cercle supérieur était entouré de chaînes qui pendaient en forme de U et qu'il fallait viser avec les petits frisbees.

— Je crois que tante Rachel lui avait demandé de les retirer, parce qu'il y avait une garden-party et plusieurs mariages de prévus, et elle ne voulait pas que des disques volent dans les gâteaux de mariage et les bols de punch.

— On se demande bien pourquoi, déclara Del en saisissant un disque pour l'envoyer vers le panier.

Le disque s'élança dans les airs et rebondit sur la chaîne avant de percuter le ventre de Blue qui en eut le souffle coupé. Del poussa un juron.

— Désolé. Je n'ai plus l'habitude.

— Je ne sais pas, dit Blue en riant. Déjà à l'époque tu me visais tout le temps.

Del émit un reniflement de dédain avant d'avouer :

— Ça m'arrivait parfois.

— Pourquoi crois-tu que j'ai commencé à m'habiller comme ça ? C'était le seul moyen pour contrer tes : « Mince alors. Désolé, Blue. Je n'avais pas vu que tu étais en plein milieu de la pelouse.»

— Tu étais une bonne cible.

— Je suis censé être l'Omega de la meute. Comment est-ce que tu as pu me maltraiter comme ça ?

— Pauvre petit Omega, rétorqua Del qui riait à présent à gorge déployée.

— J'ai été traité de façon horrible. Et c'est encore le cas aujourd'hui.

— C'est évident, mais en général, tu le mérites.

Ils se sourirent avec affection. Seuls les membres les plus proches de la famille savaient que Blue ne faisait que semblant de se plaindre.

Les Omegas étaient uniques, spéciaux même. Il fut un temps où Blue était trop bien traité par la meute. Personne ne voulait le contrarier ou le blesser, même par accident. Ce qui était logique... mais pas vraiment finalement.

Comment expliquer à un enfant de dix ans pourquoi personne ne voulait de lui dans son équipe de baseball ?

Lorsque Jace et Del avaient décidé de le traiter comme l'un des leurs, cela avait été le début des meilleurs jours de sa vie : poussé en jouant à chat, boueux et mouillé de s'être bagarré dans la forêt, contusionné après être tombé de la cabane dans les arbres... Bon, d'accord, là ça avait été de sa faute.

Pourtant, être traité comme s'il était ordinaire avait été la meilleure chose qui soit.

Ce qui signifiait qu'il était temps de mettre un terme à tous les fantômes du passé. Blue ignorait pourquoi il avait soudain eu cette pensée, mais cela lui parut important.

Ils se dirigèrent vers la ligne de départ afin de commencer une partie.

— J'ai réussi à survivre à ton caractère. Quand tu as viré Jace pour être l'Alpha, tu es devenu un vrai con. Mais je te pardonne, déclara Blue sur un ton égal, comme s'il annonçait que le ciel était bleu.

— C'est très gentil de ta part, rétorqua Del en haussant un sourcil. Mais est-ce qu'à un moment, j'ai semblé inquiet que tu ne m'aimes pas ?

— Je sais que tu pleures dans ton oreiller depuis des semaines, répondit Blue en lui tapotant l'épaule. Il est temps de passer à autre chose.

— Si tu te mets à chanter, je te lance à la place du disque.

C'était tellement tentant. Mais il avait besoin d'aller au bout de ce qu'il avait à dire.

— Pour parler sérieusement, tu t'en es bien sorti. Ce n'était pas ce qui était prévu pour la meute Jasper, mais ce n'était pas ta faute. Tu as fait de ton mieux, et maintenant il est temps de passer à la prochaine étape : Jace et Cassidy. Toi et Stacy.

Reprenant aussitôt son sérieux, Del croisa les bras sur sa poitrine en fixant Blue. Ils restèrent ainsi pendant un moment, puis Del inclina le menton. Lorsqu'il prit la parole, ce fut d'un ton approbateur mêlé de respect :

— Je t'entends, Oméga de la meute Jasper. Merci pour tout ce que tu as fait pour maintenir la meute unie jusqu'à cette nouvelle voie à suivre.

Un nœud dont Blue n'avait pas conscience se dénoua dans son cœur. C'était comme s'il avait contracté les muscles et qu'il pouvait à présent se détendre et respirer librement.

— C'était vraiment bizarre, dit-il en secouant la tête.

— Crois-moi, Blue, les conversations avec toi sont rarement simples.

Del le tira alors vers lui pour le serrer dans ses bras et lui donner de fortes tapes dans le dos.

— Tu sais que tu rayonnes ces jours-ci, dans ton rôle de super-Omega ? ironisa Del en le relâchant.

— Vraiment ?

— Non. Je te fais juste marcher.

Blue n'eut pas le choix : il plaqua son ami au sol et ils se battirent comme des adolescents. C'est à ce moment-là que deux paires de bottes apparurent à côté d'eux.

— Je ne pense pas qu'ils soient réellement en train de s'entretuer, déclara la voix grave de Stacy.

Ils se figèrent aussitôt.

— Il y aurait probablement moins de grognements et de rires si c'était une effusion de sang, renchérit Stephanie en se penchant vers Blue. J'ai repéré les paniers depuis ma fenêtre alors n'essaye pas de le nier. Si tu me passes les disques, personne ne sera blessé.

Blue accepta sa main, juste pour se torturer un peu plus, et la laissa l'aider à se relever. Stacy avait fait la même chose pour Del, mais ce dernier en avait profité pour la prendre dans ses bras et l'embrasser.

— Vous faites ça bien trop souvent, protesta Stephanie.

— Nous sommes encore de jeunes mariés, rétorqua sa sœur en dévorant Del du regard.

Stephanie se tourna vers Blue et fit semblant d'avoir un haut-le-cœur. Blue haussa les épaules. Il n'aurait pas demandé mieux que de prendre la jeune femme dans ses bras et faire de même.

Pas encore, l'avertit son loup. *Pas encore mais... bientôt.*

Blue resta ébahi devant cette annonce inattendue. Lorsque Stephanie lui fourra un disque dans la main, il était encore en train de cligner des yeux.

— OK, les tourtereaux. On fait équipe. Blue et moi, on vous défie en duel.

3

Ce n'était pas la plus remuante des activités, mais la joie et les rires fusèrent tandis que Stephanie et Blue lançaient tour à tour leurs disques.

Del avait un coup droit redoutable ; avec un léger mouvement du poignet, il parvenait à faire faire des virages incroyables à ses disques. Stephanie avait cependant ses propres astuces.

La mâchoire de Blue en tomba de stupeur lorsqu'elle lança son disque et le fit virevolter joliment au-delà des rosiers qui auraient dû lui barrer le chemin.

— Comment as-tu fait ça ?

— Ambidextre, dit-elle en l'entraînant vers le panier.

— Tu rigoles ! Je l'ignorais.

Elle haussa les épaules.

— Je ne peux pas non plus tout faire avec mes deux mains. J'écris surtout de la main droite, mais j'utilise ma main gauche pour beaucoup de choses.

Ils continuèrent ainsi leur partie avec les paniers mis en place par Blue.

— C'est dommage que nous ne les ayons pas installés pendant l'été, dit joyeusement Stephanie.

— Je ne savais pas qu'ils étaient encore là. On avait de quoi faire un parcours de dix-huit trous. Le reste doit être dans un hangar quelque part sur la propriété.

— Neuf trous, ça ira pour l'instant, dit Stephanie avant de lever la voix à l'attention de sa sœur. On peut très bien leur botter les fesses avec neuf trous.

— Il va falloir que tu arrêtes de tricher, lui répondit Stacy.

Stephanie se tourna vers elle en prenant un air outré.

— Moi ? Tricher ? Jamais de la vie.

C'était la vérité. Elle n'avait visiblement pas perdu ses compétences acquises des années auparavant. Et quand arriva le dernier trou et que Blue rata son putt, Stephanie lança son disque avec assurance.

Del lui serra la main pour la féliciter.

— Tu as un sacré bras, dit-il en la regardant avec curiosité.

— Le frisbee ultime, rétorqua Stephanie avec un grand sourire. Cinq ans à l'université.

— Sérieusement ? demanda sa sœur. Je ne pensais pas que ces sports étaient liés.

— Beaucoup de compétences se chevauchent, dit Blue en passant son bras autour des épaules de Stephanie. Ma partenaire est la meilleure.

— Merci. Tu n'es pas mal aussi, répondit Stephanie en passant sa main autour de la taille de Blue.

Une agréable sensation envahit Stephanie quand Blue lui fit un clin d'œil. Son cœur battit à tout rompre et sa gorge se noua. C'était...

Ils furent alors encerclés par une bande d'enfants, leur

nounou et le reste du personnel de Timberwolf Lodge, tous venus découvrir la dernière activité.

Stacy tapa des mains avant de les lever en l'air.

— J'ai prévu un chili pour le dîner. On peut parfaitement le manger à l'extérieur et faire un feu de camp si vous voulez jouer au disque-golf.

Ace, âgé de cinq ans, s'approcha de sa mère et tira sur sa main.

— Dixie et Miss Sophie peuvent aussi venir dîner, n'est-ce pas ?

— Oui, répondit Stacy en tapotant le nez de son plus jeune fils.

Elle jeta un regard circulaire à l'assemblé avant de demander :

— Ça vous dit ?

Un chœur d'acclamations retentit et le groupe partit dans des directions différentes. Blue et Del furent assaillis par les garçons qui voulaient apprendre à jouer à ce nouveau jeu. Jace s'éloigna avec Marvin, tandis que Cassidy retournait au Lodge avec Stacy.

Stephanie, qui se tenait à la lisière de la forêt, les regarda tous s'agiter, les pieds cloués au sol, et le cœur tambourinant comme si quelque chose d'extraordinaire venait de se produire.

Elle voyait Blue pour la première fois.

Une main pressée sur sa poitrine qui battait à toute vitesse, elle inspira profondément. Son odeur – une odeur de montagnes enneigées et de rivière fraîche – l'envahit. Pourtant Blue se trouvait à une dizaine de mètres en portant Blaze sur le dos, comme s'il était un poney.

Stephanie était assez âgée pour savoir certaines choses de la vie. Adolescente, elle n'avait jamais été du genre à s'énamourer des garçons ou des filles. Si elle avait écouté ses amies raconter leurs béguins et fait semblant de craquer pour untel, c'était surtout pour les empêcher de découvrir son secret.

Pour elle, *aimer* avait le même sens qu'aimer un joli tableau ou contempler un beau paysage. C'était quelque chose qu'elle savait apprécier, mais pas pour se l'approprier. Comme si elle regardait quelqu'un savourer un incroyable repas sans jamais être tentée d'y goûter.

La première fois qu'elle avait été tentée d'y *goûter*, c'était avec son ami du lycée. Tim et elle suivaient le même cours de théâtre, et afin de préparer le spectacle de fin d'année, ils avaient dû passer beaucoup de temps ensemble. Du temps passé à construire une scène de chambre à coucher et à vérifier les sommiers.

Alors oui, il s'agissait de sexe, mais aussi de liens. Le sexe n'en était qu'un aspect. Stephanie se retourna afin d'observer à nouveau Blue. Elle s'imagina debout près de lui ou lovée dans ses bras, comme quand ils étaient sur le porche… décontractés. Des amis qui se connaissaient bien et qui s'appréciaient. Qui partageaient un lien…

Oh, mon Dieu.

En entendant son téléphone sonner, elle le sortit à la hâte, le cerveau tourbillonnant face à cette prise de conscience.

— Bonjour, Angie. Quoi de neuf ?

— J'ai reçu un appel d'un fournisseur que nous essayons de contacter depuis un moment. Il part en tournée et veut savoir si quelqu'un peut venir récupérer les œuvres qu'il a réalisées. Il a demandé à te parler en personne. François quelque chose ?

— Formidable. Bien sûr qu'on peut venir les chercher, dit-elle en tournant le dos à ses amis afin de ne pas être déconcentrée. On peut passer à Jasper, demain à la première heure.

— Ses œuvres ne se trouvent pas dans sa boutique de Jasper, la prévint Angie. Il a dit qu'il laisserait le tout dans le chalet et l'atelier, et que tu devras aller les chercher.

Voilà qui allait être problématique.

— Mais il vit en haut de la montagne.

— On a plusieurs montagnes dans le coin, chérie, répondit la louve en riant. Tu veux être un peu plus précise ?

— Si seulement je pouvais, gémit Stephanie avant de soupirer lourdement. Ça va être une tâche plus compliquée que prévu. Je ne pense pas pouvoir y arriver toute seule. Laisse-moi parler aux gars ce soir et voir ce qu'on peut faire.

— Ça me va. Bon sang, je viens d'ouvrir son site web. Tu as trouvé un artiste de renommée mondiale pour faire des peintures pour Timberwolf Lodge ?

— Je suis son travail depuis des années. Je lui ai envoyé un e-mail lorsque j'ai vu ses œuvres pour la première fois, et nous sommes restés en contact depuis.

Angie siffla doucement.

— Tu as bon goût en matière d'amis.

— Certainement, *amie*, la taquina Stephanie.

— Merci, *amie*, répondit Angie en riant. D'accord, je vais lui dire que tu as eu son message et que tu le contacteras.

Stephanie raccrocha, toute pensée de Blue oubliée, et réfléchit à ce nouveau problème. François Andean avait été très généreux lorsqu'elle l'avait contacté au sujet de peintures pour le lodge. Ce qui signifiait qu'elle devait maintenant trouver un moyen de descendre ces tableaux de la montagne.

Une nouvelle aventure. En espérant qu'il n'y aurait pas de dégâts.

FINALEMENT, et malgré le chili, Blue se dirigea vers le barbecue pour rejoindre Jace qui faisait cuire des steaks.

— Parce que je ne vous sers pas assez de protéines ? se plaignit Stacy.

Elle souriait cependant en passant devant eux pour poser deux grands bols de salade sur la longue table de pique-nique fabriquée par Blue, afin qu'ils puissent tous manger ensemble.

— Il n'y a jamais assez de protéines, acquiesça Jace. Ne t'inquiète pas. Ça sera prêt dans quelques minutes.

Assise à table entre Blaze et Ace, Stephanie se mit à rire.

— Est-ce que tu as au moins allumé le feu ? Parce qu'en général tes steaks meuglent encore quand ils arrivent dans l'assiette.

— Il les cuisine très bien, le défendit Cassidy. Ils sont exactement comme je les aime. Bleu-saignant.

Stephanie s'adossa au dossier de sa chaise en fixant sa meilleure amie.

— C'est quelque chose que je n'ai jamais compris chez toi. Tu manges les steaks presque crus, et pourtant tu frémis à la simple idée de manger des sushis.

La simple phrase fit frissonner Cassidy, ce qui fit glousser les garçons.

— Tata Cassidy, les sushis c'est bon, lui dit Colt.

— Les sushis sont très bons... pour les requins.

Ils continuèrent ainsi à plaisanter, quand Jace donna un coup d'épaule à Blue.

— J'ai du nouveau à te communiquer. Del, viens expliquer à Blue ce que tu m'as dit tout à l'heure.

Del déposa un baiser sur la tempe de Stacy et rejoignit Blue et Jace près du barbecue, le corps tourné de sorte à avoir tout le monde dans son champ de vision.

— Tu te souviens de ce type, Dwight, qui prétendait être le frère de l'ex-mari de ma femme ? Celui qui essayait de la retrouver au sujet d'un héritage fictif ?

Blue n'avait pas besoin qu'on le lui rappelle. Le père de Blaze et d'Ace s'était avéré être une véritable ordure, et Stacy avait divorcé de lui des années auparavant. Depuis il avait disparu, et personne n'avait cherché à le contacter. Autant dire qu'un frère mystérieux serait encore moins le bienvenu.

— Il vit dans la région de Toronto. La meute locale le surveille pour nous, n'est-ce pas ?

— La meute locale m'a envoyé un e-mail disant qu'entre hier soir et ce matin, Dwight avait disparu.

— Ils l'ont perdu de vue ? répéta Blue sidéré.

— Ils l'ont surveillé pendant deux mois, et durant tout ce temps, il a suivi une routine très stricte. Mais quelque part entre le moment où il est entré chez lui, hier soir à 18 heures, et ce matin, il a réussi à filer.

Jace baissa alors la voix avant de jeter un rapide regard autour de lui pour s'assurer que le groupe qui bavardait et riait autour de la table ne les entendait pas.

— Comme il n'est pas sorti de chez lui à 7 h 30 comme d'habitude, quelqu'un est allé jeter un coup d'œil dans la maison. Il n'y avait plus ses effets personnels. Il ne restait que des meubles et de la vaisselle.

— Comment a-t-il pu emballer ses affaires et partir sans se faire remarquer ? demanda Blue de plus en plus perplexe et qui sentait monter la colère. Est-ce que quelqu'un dans la meute aurait été payé pour le laisser s'échapper ?

Del secoua la tête.

— C'est la première chose à laquelle j'ai pensé, mais j'ai appris à connaître leur Alpha ces derniers temps, et il dit avoir personnellement interrogé toute la meute. Ils ne sont pas en tort.

Ce n'était pas une bonne nouvelle. Jusqu'à présent, le mystérieux Dwight avait été un problème potentiel : il avait envoyé un e-mail pour tenter d'avoir des informations sur Stacy, mais il s'agissait peut-être d'une simple coïncidence.

Sa disparition changeait la donne.

Jace retira les steaks parfaitement saisis du gril et les empila sur un plat.

— On ne peut pas faire grand-chose pour le moment, mais on voulait que tu le saches. On renforcera la sécurité, au cas où.

— Toi et Del, occupez-vous de ça. J'ai une idée de mon côté. Je vous en parlerai plus tard.

Parce qu'il avait des contacts qui pourraient leur être utiles.

Blue repoussa ses inquiétudes et alla rejoindre les autres en se concentrant sur ce sentiment familial : le sentiment d'unité.

Ce n'était pas seulement le fait d'être à Timberwolf Lodge, mais les personnes qui s'y trouvaient. Et à présent que la dernière petite tension entre lui et Del avait disparu, ils étaient vraiment sa famille.

Il croisa le regard de Stephanie à l'autre bout de la table et sourit. La jeune femme battit des cils et bafouilla en répondant à son neveu. Bien qu'écoutant ce que Colt lui disait, elle n'arrêtait pas de jeter des regards à Blue, et...

Est-ce qu'elle rougissait ?

À l'intérieur, son loup remua la queue. Juste une seule fois heureusement, car ce fut une sensation très étrange étant donné que Blue était sous sa forme humaine et qu'il était assis. Cependant, il était évident qu'il se passait quelque chose.

Malheureusement, il ne pouvait pas compter sur ses dons de clairvoyance. Habituellement, il ressentait ce qui se passait, mais cela se figeait dès qu'il s'agissait de Stephanie. Blue fit donc ce qu'il faisait habituellement quand il n'y avait rien d'autre à faire : il profita du temps passé avec sa famille et écouta la joie dans leurs voix tandis que leurs liens se renforçaient et devenaient plus intenses.

Il patienta et observa, parce que quelque chose – rien de précis mais il avait encore suffisamment de capacité pour le savoir – avait commencé à changer.

Ils en étaient à la moitié du dessert quand Stephanie se redressa.

— Zut. J'ai failli oublier. Jace, tu te souviens des peintures que j'ai commandées pour le lodge ? Angie m'a dit tout à l'heure qu'elles étaient prêtes à être récupérées.

— Bonne nouvelle. J'ai hâte de voir ce qu'il nous a préparé, déclara Cassidy avec enthousiasme.

— Moi aussi, mais voilà la complication : il faut aller jusqu'à son atelier pour les récupérer.

Del émit un sifflement.

— Il t'a invitée dans son atelier ? C'est le genre de choses qui n'arrive jamais.

Stephanie haussa les épaules.

— Il ne sera pas là, mais j'imagine que ce n'est pas accessible en SUV.

Jace secoua la tête.

— La Jeep de Blue est la meilleure option. Mais ça va être un sacré trajet.

— Ça va surtout être long, à moins qu'il n'ait rien encadré et tout mis dans des tubes de transport, souligna Blue.

— Ses cadres si spéciaux font partie de l'œuvre, répondit Stephanie avec une grimace d'excuse.

Blue leva les mains en l'air.

— Il n'y a donc rien à faire. On part quand ?

Elle réfléchit.

— Mieux vaut le plus tôt possible. Je n'ai pas grand-chose à faire dans les prochains jours.

— Il faut que tu sois là jeudi, dit Del à Blue. Nous serons envahis par les adolescents de la meute et ta présence sera d'une grande aide.

— On n'a qu'à leur envoyer Stacy, proposa Cassidy.

Stacy fronça le nez.

— C'est un groupe de jeunes adultes charmants, avec une bonne dose d'angoisse et des hormones de loup en pleine ébullition. Alors oui, Blue, tu dois être là.

— Demain m'ira très bien, déclara Blue en vérifiant son agenda sur son téléphone.

Il se tourna alors vers Stephanie et ajouta :

— Mais j'ai deux ou trois choses à terminer ce soir. Nous devrons reporter le massage à une date ultérieure. Je serai prêt à partir à 5 heures.

— D'accord, répondit Stephanie choquée.

Blue s'esclaffa.

— Il faut deux bonnes heures de route pour arriver à la propriété de François, et il en faudra peut-être une heure de plus pour en partir si nous sommes extrêmement prudents. Et j'ignore tout ce qu'il y a à emballer.

— Tu as raison.

— Tonton Blue ? demanda Blaze à l'autre bout de la table. Tu sais quand les grenouilles se réveillent ?

— Non. Quand est-ce qu'elles se réveillent ? répondit Blue en se penchant vers lui.

— Au croassement de l'aube, annonça joyeusement l'enfant.

Stephanie se mit à rire et lui ébouriffa les cheveux.

— C'est sympa de te voir faire autre chose que des blagues de loups. Tous les comédiens doivent avoir un répertoire varié.

— C'est ce que maman a dit.

— Quelle maman intelligente, dit Stephanie en regardant sa sœur avant de se tourner vers Blue. Alors je suppose qu'on va faire comme les grenouilles. Je sauterai dans la voiture dès que tu arriveras.

4

———

Il était suffisamment tôt pour avoir l'excuse d'être trop fatiguée pour parler, se dit Stephanie. Cette petite bulle d'émotion confuse qui n'avait pas quitté sa place, entre son cœur et sa gorge, la laissait étrangement sans voix.

Alors que Blue quittait l'autoroute pour emprunter une route étroite mais toujours pavée, elle se dit qu'il y avait quelque chose dont elle pouvait parler en toute sécurité :

— La route ne semble pas être trop mauvaise.

Blue conduisait de façon détendue, une main sur le volant et l'autre tenant le café à emporter que Stacy leur avait préparé.

— Profites-en, parce que tu vas bientôt découvrir si tes plombages sont solides.

— Je n'ai pas de plombages, rétorqua Stephanie en souriant.

— Arrête.

— Stephanie a toujours fait preuve d'une excellente hygiène bucco-dentaire, dit-elle en prenant un ton guindé avant de rire doucement. Une hygiéniste dentaire m'a dit que j'avais un émail extrêmement dur et qu'à moins que je ne perce moi-même des trous dans mes dents, je n'aurais probablement jamais de problèmes.

— Les loups ont aussi une excellente dentition. C'est en partie parce que la magie de la métamorphose semble régler des problèmes ordinaires comme les maladies de gencives ou...

Il s'arrêta brusquement.

— Est-ce qu'on est vraiment en train de parler de dents et de gencives ?

— C'est toi qui as lancé le sujet, protesta Stephanie. Et puis je trouve ça fascinant. J'ai tellement de questions sur la vie des loups-garous, mais c'est compliqué de demander une leçon de biologie pour débutant. Alors forcément, j'aime bien quand tu partages de petites anecdotes.

L'expression de Blue devint sérieuse.

— Je suppose que tu es dans une situation un peu différente de celle de tes amies. Je n'y avais pas pensé.

Stephanie n'y avait pas vraiment songé non plus jusqu'à présent.

— Cassidy peut poser ses questions à Jace au fur et à mesure qu'elles se présentent. Et Stacy en apprend beaucoup avec Del, en particulier parce qu'il a enseigné à Colt à être un loup après toutes ces années passées à se débrouiller seul.

— Tu peux toujours me poser tes questions.

Ce ne fut pas ses mots, mais la façon dont il le dit. Pas une simple invitation amicale, du genre : « Hé, tu as une question ? Viens, je vais t'expliquer. » Non, c'était plus intense.

Plus...

Stephanie se tourna légèrement et examina son visage

tandis que cette petite bulle à l'intérieur d'elle rebondit et se mit à danser la gigue. Elle aimait bien Blue.

Elle l'aimait beaucoup.

Il fixait la route tandis qu'ils remontaient le flanc de la montagne. Ce n'était pas le genre de conduite décontractée où l'on pouvait bavarder et relâcher son attention, mais d'une certaine manière, même s'il regardait droit devant, Stephanie avait l'impression qu'il était concentré sur elle. Peut-être même qu'il était conscient de la sensation de bouillonnement dont elle ne savait que faire.

Alors, elle se concentra droit devant. Parce que même en ayant conscience que des choses avaient peut-être changé en elle, en ce qui le concernait lui, rien n'avait vraiment changé. Il restait...

C'était un homme bien. Il n'y avait pas d'autre façon de le décrire, même si la sémantique était erronée parce qu'il n'était pas du tout un homme.

Il était toujours là pour tout le monde. Solide comme un roc, enjoué, honnête et gentil. Alors elle n'allait pas se lancer dans une relation – quoi que cela puisse signifier – avec quelqu'un d'aussi bon, solide et merveilleux quand elle savait ce qu'elle était.

Elle était exactement à l'opposé de l'adjectif « merveilleux », même si elle se cachait sous une façade pétillante. La tache sur ses mains était la preuve de sa noirceur intérieure.

Blue indiqua un point devant eux.

— Et après ce commentaire sur les dents, je t'annonce qu'on va faire un petit arrêt, car ma vessie doit absolument être vidée, dit-il en s'arrêtant le long de la route.

Chacun se dirigea vers les arbres de chaque côté du pick-up. C'était une bonne idée, se dit Stephanie.

Dix minutes plus tard, elle était immensément

reconnaissante qu'il ait eu la prévoyance de faire une pause. La main serrée autour de la poignée au-dessus de sa tête, et tenant la console centrale de l'autre main, elle avait l'impression d'avoir été projetée dans un culbuteur, et cela malgré la conduite prudente de Blue.

— Cette route est complètement insensée.

— Étant donné que ton artiste déteste absolument le contact du public, cette route a beaucoup de sens, lui assura Blue.

— Comment fait-il pour se ravitailler ? Je doute qu'il puisse tout monter comme un chat ? ou qu'il fasse des trajets réguliers pour transporter ses toiles et ses cadres en voiture.

— Tu parles de François Andean, dit Blue en s'esclaffant. Il y a de fortes chances qu'il fasse tout venir par hélicoptère.

— Oh, c'est vrai, dit-elle avec un lourd soupir. Dommage que mon budget ne me permette pas de faire pareil.

— Oui, dommage, acquiesça Blue en contournant un énième rocher. Ça fait un moment que je ne suis pas venu, mais je crois me souvenir que la route sera bientôt meilleure. C'est comme s'il laissait certaines parties se dégrader pour décourager les visiteurs. Après, ça sera juste horrible au lieu d'être épouvantables.

Lorsqu'ils aperçurent enfin le chalet, Stephanie était épuisée. Ce trajet éprouvant avait sollicité tous ses muscles.

— Je vais avoir besoin d'un massage avant de pouvoir redescendre de la montagne.

— Tu peux compter sur moi, dit Blue avec désinvolture avant de désigner un point à l'avant. On traverse le ruisseau, et on sera enfin arrivés.

Il roula avec prudence dans l'eau. Stephanie baissa la

vitre et regarda avec stupeur les marchepieds se recouvrir brièvement avant que la Jeep revienne sur la terre ferme.

Quand il s'arrêta devant le grand bâtiment en forme de grange, Stephanie ouvrit sa portière et sortit, pliée en deux. Elle gémit lorsque ses pieds touchèrent le sol.

— Est-ce qu'il a eu un tremblement de terre ? Est-ce que le monde tourne ?

Blue contourna prudemment la Jeep, et sourit.

— Crois-moi, mon loup est vraiment en colère en ce moment. Il ne comprend pas qui pourrait s'imposer un trajet pareil alors qu'on aurait simplement pu courir.

Stephanie se redressa, une main sur la portière, en attendant que ses jambes se stabilisent.

— Demande à ton loup comment il prévoyait de descendre une douzaine de tableaux. Heureusement qu'il y a cette Jeep, même si c'était cahoteux.

Ils restèrent sans rien dire pendant un petit moment. Stephanie admira les sommets qui s'élevaient autour d'eux. La grange et le chalet étaient en rondins de bois, parfaitement intégrés à la forêt. Il flottait une odeur d'automne, et des mélèzes jaunissants poussaient un peu partout. Sur la gauche, les sommets des montagnes étaient cachés par d'épais nuages majestueux et obscurs, mais au-dessus de sa tête, le ciel était un mélange de bleu et de blanc. C'était un endroit incroyable, bien qu'extrêmement isolé.

Dans le ciel, un pygargue à tête blanche tournait paresseusement en rond, flottant au gré des courants aériens. Une sentinelle solitaire surveillant son royaume sauvage.

Elle baissa les yeux et vit que Blue l'observait. La bulle dans son estomac se réactiva, rebondissant au centre de sa poitrine. Elle ignorait peut-être ce qui se passait et elle n'était peut-être pas capable de réagir à l'étrange et merveilleuse sensation qui grandissait en elle, mais elle savait au moins une chose : elle avait besoin de partager cela.

— Je suis heureuse que ce soit toi qui m'aies amenée ici.

~

BIENTÔT. *Bientôt. Bientôt,* murmura son loup avec conviction.

Blue envisagea de demander des détails, mais cet instant présent comptait encore plus ; la joie dans le regard de Stephanie dépassait tout.

— Je suis heureux d'avoir pu le faire, répondit-il.

Stephanie écarta les bras sur les côtés et tourna en rond, la tête penchée vers le ciel. Il l'observa : à la fois ses courbes et son visage heureux.

D'accord, ne pas pouvoir concrétiser cela par un rapport sexuel était nul, mais il ressentait une sorte de joie de savoir qu'un jour – peut-être bientôt – cette femme incroyable serait à lui, et qu'il pourrait la chérir et l'aimer.

Pour l'instant, la seule chose à faire était de profiter du temps passé avec elle. Blue tendit les bras et l'imita, tournant lentement au début, puis de plus en plus vite, comme un derviche. Son loup, incapable de rester silencieux, entra en scène. Un hurlement monta le long de sa gorge humaine, qui sonna faible aux oreilles de son loup, mais qu'importe. Il recommença avec plaisir.

Quand ses pieds s'emmêlèrent et qu'il s'effondra, Stephanie éclata de rire et se précipita vers lui pour l'aider à se relever.

— Ne va pas si vite la prochaine fois.

Blue s'esclaffa.

— Tu penses qu'il y aura une prochaine fois.

— Il y a toujours une prochaine fois, dit-elle avant de tourner la tête vers la maison. On va voir si mon artiste est là ?

Il s'avéra que François était parti, mais il avait laissé un mot sur la porte d'entrée, épinglé avec un couteau d'office.

Stephanie. Je m'excuse de ne pas être là pour t'aider, mais mon puma avait besoin de courir. J'ai laissé les tableaux sur la table de la salle à manger et les plus grandes toiles dans l'atelier. Comme je ne savais pas avec quel véhicule tu viendrais, je ne les ai pas emballés, mais je t'ai laissé tout ce qu'il faut. Utilise tout le ruban adhésif et les cartons dont tu as besoin.

Il y a à manger dans le réfrigérateur. Oserais-je te demander d'emporter tout ce qui pourrait s'abimer ? Ça évitera les mauvaises surprises à mon retour.

En rentrant, je passerai au lodge pour voir où vous avez choisi d'exposer mes œuvres.

J'ai réalisé un tableau supplémentaire que je t'offre. Il est emballé. Les cadeaux doivent toujours être emballés, tu ne crois pas ? Déballer est tellement amusant.

Blue tourna la poignée, et la porte s'ouvrit facilement. Il huma profondément, mais il n'y avait là que les effluves lointains d'un puma mâle.

Il recula pour laisser Stephanie entrer en premier.

Comme dans de nombreux chalets de montagne, l'intérieur offrait un mélange intéressant d'obscurité et de lumière. Les poutres en bois couleur miel étaient vieillies, et avec le peu de fenêtres dans cette première partie du chalet, le jour s'infiltrait à peine dans les coins les plus reculés.

Près de la porte, se trouvait une rangée de crochets avec un porte-chaussures en dessous. À gauche, un coin cuisine avec un évier devant une petite fenêtre, des kilomètres de plan de travail et un grand îlot de cuisine. Le tout soigneusement installé dans un espace de cinq mètres carrés.

— Pas mal pour un chalet rustique, dit Blue.

Stephanie continua d'avancer et entra dans la pièce au bout de la cuisine. Elle siffla doucement.

— Waouh. Un chalet rustique, mon cul.

Blue s'approcha en s'efforçant de ne pas penser au dit cul qui se trouvait à portée de mains. Puis son regard se tourna vers la pièce et son sifflement se joignit à celui de la jeune femme.

— Putain. C'est spectaculaire.

Comme si l'entrée et la cuisine étaient une façade, jouant sur le bon vieux thème du chalet rustique, et que cette pièce était l'inverse.

La vue n'y était pas pour rien. La façade du fond, qui se trouvait à environ sept mètres, était presque entièrement en verre. Des poutres en bois s'étendaient du sol au plafond pour soutenir la structure, mais entre chacune se trouvaient des vitres de tailles et formes différentes, parfois même couvertes de mosaïques et de vitraux. L'effet était époustouflant et baignait la pièce de lumière.

Les rayons du soleil éclairaient une immense table de salle à manger, ainsi qu'une cheminée faite d'énormes galets de rivière, sur le mur du fond. Le manteau de la cheminée semblait avoir été fabriqué à partir du bois d'un arbre géant. Deux confortables fauteuils inclinables en cuir étaient placés de chaque côté d'une causeuse en cuir, juste devant la cheminée, et le long du mur opposé se trouvait une bibliothèque ornée de bibelots et de différentes œuvres de l'artiste.

Stephanie s'avança hébétée en touchant les meubles, jusqu'à se trouver devant la fenêtre et admirer la vallée en contrebas.

— Comment est-ce possible ? On a grimpé en haut de la montagne, et j'ai vu un autre pic sur la gauche, mais je n'ai pas remarqué cette vue.

— L'emplacement, l'emplacement, l'emplacement, répondit Blue à la fois ébahi et impressionné. Il y a une forêt à l'est du parking. Elle a dû cacher cc paysage.

La maison était perchée au centre d'un étroit plateau, avec un sommet à gauche et un autre au loin, à droite. En contrebas s'étendait une magnifique vallée, bordée d'arbres. Un léger scintillement en surface suggérait qu'une rivière la traversait.

Stephanie s'appuya contre Blue, la tête sur son épaule.

— Je suis très heureuse que tu nous aies fait lever tôt, parce que je n'ai pas fini d'admirer le paysage. Et on n'a même pas encore vu les tableaux.

Blue posa une main sur sa taille, et la tint contre lui, car cela semblait si naturel.

— On a le temps. Et puis j'imagine que François n'aura rien contre le fait que tu reviennes lui rendre visite. Surtout s'il te fait des cadeaux.

Il ne savait pas trop quoi penser de cela, mais refoula néanmoins sa bouffée de jalousie. Stephanie avait besoin d'amis, et c'était ce qu'était François : un ami.

En tout cas il espérait que l'homme voyait les choses ainsi, sinon il y aurait une future rencontre musclée entre le loup de Blue et le puma de François.

Stephanie s'éloigna, le regard toujours rivé sur la fenêtre

— Bon. Voyons ce qu'il y a ici, puis allons à l'atelier voir les peintures. J'ai demandé trois grandes œuvres et une demi-douzaine de petites et moyennes. Tu m'aideras à décider comment les emballer pour qu'elles puissent rentrer dans la Jeep.

— Ça me va.

Ils se dirigèrent ensemble vers la table de la salle à manger.

— François n'a qu'une seule chaise à sa table, fit remarquer Stephanie avec une pointe de tristesse. Je savais que c'était un solitaire, mais ça me semble extrême.

— Les pumas métamorphes ont tendance à aimer leur espace, souligna Blue.

Il s'arrêta près de la table et baissa les yeux.

— Waouh. C'est peut-être une sorte de magicien en plus d'être un métamorphe. C'est incroyable.

Stephanie se pencha sur la table et effleura le tableau qui s'y trouvait.

— Il a utilisé des morceaux de pomme de pin pour donner du relief à la fourrure du loup. Et il a superposé la montagne en arrière-plan pour que ça ressemble à une photographie.

— Il utilise des techniques mixtes, et pas mal de matériaux naturels. C'est vraiment un grand maître, commenta Blue en parcourant du regard les autres œuvres sur la table. Je pense que François t'apprécie vraiment. Tu as demandé une demi-douzaine de tableaux, et il t'en a donné deux fois plus.

Stephanie les compta tout en commentant :

— Quatre paysages, quatre scènes d'animaux sauvages et quatre rivières. C'est magnifique.

Elle sourit à Blue et lui prit la main.

— Viens. J'ai hâte de voir ses grandes toiles.

Il la suivit jusqu'à la porte, et se cogna contre son dos lorsqu'elle s'arrêta sur le pas. Tous deux levèrent les yeux vers les montagnes où tout à l'heure, les nuages semblaient accrochés aux sommets.

À présent, le vent s'était levé et poussait les nuages noirs et menaçants vers leur prairie à une vitesse digne d'un film apocalyptique.

— Oh oh. Ce n'est pas bon, dit Stephanie alors qu'un éclair bleu argenté traversait le ciel.

— Une tempête soudaine. On va se prendre une grosse pluie.

Il n'eut pas besoin de préciser que la température allait chuter. Le vent frais était devenu glacial, comme pour les avertir.

Blue connaissait ces montagnes. Il savait ce qu'une tempête soudaine à cette époque de l'année pouvait faire. Leurs chances de redescendre aujourd'hui devenaient extrêmement faibles.

5

―――――

Le grondement du tonnerre secoua le ciel au-dessus d'eux. Stephanie frissonna.

Les souvenirs lui revinrent en même temps que les éclairs. Un visage blanc et austère, des yeux fixes. Du sang qui giclait partout, tellement, tellement de sang. Ses paumes la démangeaient, et elle les se frotta l'une contre l'autre lorsqu'un autre bruit assourdissant retentit dans le ciel.

Elle repoussa ses pensées cauchemardesques et jura dans sa barbe.

— Est-ce qu'on pourrait redescendre à temps si on part maintenant ?

Blue n'eut pas besoin de répondre : le ciel le fit à sa place. L'instant suivant, d'énormes gouttes de pluie s'écrasèrent sur le porche, semblables à un lent martèlement.

Blue la tira contre lui, sous le toit.

— On ne peut pas rouler dans ces conditions. La route sera glissante avec la boue, voire même suffisamment instable pour nous emporter.

Un autre éclair illumina le ciel, suivi d'un rugissement, un instant plus tard. Le porche trembla sous leurs pieds, et une forte odeur d'ozone emplit leurs narines. La main puissante de Blue sur son bras la guida vers le chalet.

— La tempête est juste au-dessus de nous, dit-il. Mettons-nous à l'abri, loin des fenêtres et de la cheminée.

— La cheminée ? répéta-t-elle en le suivant à l'intérieur de l'immense salon. Vraiment ?

— Si l'endroit est bien construit, ce qui est probablement le cas, nous n'avons pas à nous inquiéter.

Il désigna le mur, ainsi qu'une porte qu'elle n'avait même pas remarquée. Un escalier menait vers l'obscurité. Blue appuya sur un interrupteur et lui fit descendre les marches tout en continuant son histoire :

— Un vieux chalet dans lequel j'ai séjourné une fois a pris feu après avoir été frappé par la foudre. Le mineur qui l'avait construit avait réutilisé des déchets récupérés dans la rivière, dont un joli morceau de métal qu'il avait utilisé comme pierre angulaire. Le métal faisait toute la longueur de la cheminée et allait jusqu'au sol, et quand il a été touché, pouf.

— Du chiche-kebab de loups ?

— Pas de victimes, mais je peux te dire que la fourrure brûlée ne dégage pas une odeur agréable.

Il s'arrêta en bas des marches et respira profondément.

— C'est exactement ce que je pensais. Les chambres sont ici.

— C'est calme, fit remarquer Stephanie. L'orage est déjà passé ?

— Ton ami a construit son chalet sur le flanc de la colline. Nous sommes donc sous la terre. Crois-moi, il pleut encore des cordes là-haut.

Il alluma un autre interrupteur et siffla d'admiration.

Un couloir extrêmement long se trouvait à leur gauche. Stephanie compta quatre portes, toutes très espacées.

— Ça fait beaucoup de chambres pour une personne seule.

Blue ouvrit la porte la plus proche mais se garda d'entrer dans la pièce.

— C'est la chambre de François. La vue est agréable, la même que le salon, mais plus basse, et il y a une salle de bains dans le fond.

— N'entrons pas, suggéra Stephanie. Ce n'est pas nécessaire, et il n'aimerait probablement pas qu'on laisse notre odeur.

Elle se dirigea vers la porte d'à côté et jeta un œil à l'intérieur.

— La buanderie. Rien d'extraordinaire, mais très fonctionnelle. Grande machine, espace pour suspendre le linge. Un évier énorme.

— Notre homme aime son confort.

Blue ouvrit la porte suivante, et ajouta d'une voix amusée :

— Il aime beaucoup son confort.

Elle jeta un œil par-dessus son épaule.

— La cave à vin. Elle n'est pas censée se trouver quelque part dans les entrailles du château ?

— Pas de fenêtre, température contrôlée..., dit Blue en entrant et en inspectant une étagère poussiéreuse sur laquelle étaient rangées des bouteilles. C'est une sorte de château finalement. J'ai vraiment besoin de rencontrer cet homme. Je pense qu'on deviendra les meilleurs amis du monde. C'est un génie artistique et son goût pour l'alcool est incroyable.

Stephanie lui donna une tape sur les doigts quand il prit une bouteille.

— Pas touche. Pas d'odeur, tu te souviens ?

Blue grimaça.

— Pas d'odeur dans sa chambre, je veux bien. Mais nous sommes coincés pendant au moins vingt-quatre heures. Crois-moi, je vais toucher ses bouteilles de vin. Il nous faut quelque chose pour accompagner le repas que nous préparerons avec ses restes.

— Espérons qu'il y ait autre chose que des cornichons dans le frigo, dit Stephanie en regardant le mur de vin. Bon d'accord, mais je remplacerai ce que tu prendras, alors ne fais pas trop de folies.

— C'est moi qui paye, rétorqua Blue avec un sourire qui fit chavirer Stephanie. Dernière porte ?

Il n'y avait aucune raison que ce soit une chambre. Un puma solitaire ?

— Je parie que c'est une salle de sport, devina Stephanie.

Blue émit un petit reniflement amusé.

— On parie quoi ? Parce que ça ne peut pas être une salle de sport. Le gars a toute la montagne devant sa porte, et c'est un puma. C'est une chambre.

— Le perdant doit faire un massage des pieds au gagnant, proposa Stephanie en tendant la main.

Il accepta immédiatement.

— D'accord. Mes pieds auraient besoin d'un peu d'attention.

Ils se serrèrent la main, puis elle poussa la porte.

Les baies vitrées offraient une fois de plus une vue magnifique.

— Regarde-moi ça, murmura-t-elle avec émerveillement en s'avançant comme attirée par un aimant.

La tempête faisait rage, la pluie claquait contre les

fenêtres. Le ciel était noir et gris, c'était impressionnant et étonnant et...

Un rire torturé, entre reniflement et gloussement, s'éleva derrière elle. Elle pivota pour trouver Blue qui fixait intensément le plafond, les épaules tremblantes, des larmes coulant sur ses joues.

- Tu vas bien ? demanda-t-elle en abandonnant la vue et se précipitant à ses côtés.

Il ne pouvait pas parler et ne respirait pas mieux, à part quelques halètements. Finalement il leva une main et désigna le centre de la pièce, loin de la fenêtre qui avait attiré son attention.

Un lit rond et opulent occupait la moitié de l'espace, avec des draps rouge cramoisi et des oreillers blancs immaculés empilés bien haut.

Blue pointa son index tremblant vers le plafond pour s'assurer qu'elle avait bien vu les miroirs.

Zut ! Elle avait perdu son pari.

— OK, c'est donc une chambre.

Le regard de Steph continua de vagabonder tandis qu'elle tapotait le dos de Blue qui avait toujours du mal à respirer.

— Pourquoi est-ce que ça te met dans cet état ? Je suis sûre qu'il y a une règle qui dit que chaque chalet de montagne doit avoir un énorme lit rond avec des miroirs au plafond. Et...

Elle s'arrêta.

— Pourquoi est-ce qu'il y a un cadre en bois géant en forme de X là-bas ? Et est-ce un...

Blue s'effondra au sol en se tenant le ventre tandis qu'il riait à gorge déployée.

— Un banc à fessée ? Je pense que oui. Et je pense que c'est le crochet d'une balançoire – une balançoire très très particulière.

Ce n'était pas possible. Son ami en ligne lui avait toujours paru si ordinaire.

— Il a un donjon sexuel dans son chalet, dit-elle.

Blue se redressa en position assise en souriant.

— Il a un donjon sexuel, répéta-t-il.

Elle regarda autour d'elle avec curiosité.

— Je n'ai jamais été dans ce genre d'endroit... je n'en ai jamais ressenti le besoin. Mais ça veut dire que j'ai gagné.

Blue se leva aussitôt.

— Quoi ? C'est plus une chambre qu'une salle de sport.

— Tu as dit que c'était un donjon. Un donjon ou un gymnase, c'est pareil pour moi, dit Stephanie d'un ton guindé.

Il réfléchit, puis hocha la tête, toujours aussi amusé.

— Tu as raison.

Blue s'accrochait de toutes ses forces à la sensation du rire, car c'était bien plus sûr que de laisser libre cours à son imagination.

Après trois mois d'attente, son imagination était au plus haut. Une image parfaite lui vint à l'esprit : celle de ce lit décadent et sensuel sur lequel Stephanie serait allongée, les cheveux drapés sur ses épaules, sans aucun vêtement.

Ou pressée contre la croix de Saint-André. Il n'était pas du genre à jouer à des jeux de domination, mais bon sang, elle serait superbe, les bras écartés, le regard brûlant, et attendant qu'il la mène à l'extase.

Il frappa dans ses mains pour s'empêcher de la toucher.

— Je meurs de faim.

En vérité, ce n'était pas de nourriture dont il avait envie.

— Tu penses qu'il est prudent de remonter ? demanda Steph en le suivant de suffisamment près pour qu'il sente sa chaleur.

Plus prudent que de rester près de ce lit.

— On sera prudents. Il faut qu'on vérifie les provisions, c'est-à-dire les restes du réfrigérateur et les étagères du garde-manger. On pourrait être coincés pendant un certain temps.

— Je suis heureuse qu'on soit ensemble. Stacy et Cassidy ne s'inquiéteront pas parce qu'elles savent que tu prendras soin de moi.

Son loup se pavana devant le compliment.

— Et c'est bien ce que je ferai. Je prendrai soin de toi, promit-il.

Tiens-toi bien, tiens-toi bien, tiens-toi bien, se répéta-t-il tandis qu'ils retournaient à la cuisine.

Dehors, l'orage grondait joyeusement. Les éclairs fusaient à répétition, et les murs tremblaient. Steph croisa les bras sur sa poitrine et fit une grimace.

— J'aimais bien les tempêtes avant.

— Tout ira bien, promit-il.

Il fallait qu'ils s'occupent. Blue indiqua le réfrigérateur.

— Voyons quel genre de plateau de cornichons nous allons avoir avec notre vin ce soir.

— Pigé, fainéant. Tu ne peux pas avancer toi-même pour l'ouvrir.

Mais elle comprit le message et ouvrit la porte du réfrigérateur, avant de se figer.

— Oh, mon Dieu.

— Quoi ? demanda Blue en se penchant par-dessus son épaule, pressé contre son dos.

Oui. Il devait être très près pour voir ce qui se passait.

Menteur.

Elle sortit un plateau de l'étagère du haut. Il était emballé dans le même cellophane décoratif utilisé pour les paniers cadeaux.

— Ce ne sont pas des restes. Il y a mon nom écrit dessus.

Une sensation désagréable envahit Blue et les poils de sa nuque se dressèrent.

— Comment est-ce que tu as rencontré ce type déjà ?

— François ? J'ai vu ses œuvres sur Internet et nous avons commencé à correspondre. Nous ne nous sommes jamais rencontrés en personne, expliqua-t-elle en posant le plateau sur le plan de travail et en retirant le ruban.

Des fraises enrobées de chocolat. Du fromage et des saucisses coûteuses. Une boîte de poisson. De minuscules cornichons et des oignons blancs nacrés.

— Tu avais raison. Il y a des cornichons, dit-elle joyeuse en se tournant vers lui.

Blue se força à sourire.

— Je suis surpris qu'ils ne soient pas enrobés de chocolat, eux aussi. Quel dommage.

— Pouah. Voilà une expérience culinaire que je n'ai pas envie de tenter, rétorqua Stephanie en retournant au réfrigérateur. C'est gentil qu'il m'ait préparé ça pour la peine d'être montée jusqu'ici, mais j'espère qu'il y aura de la vraie nourriture.

En fouillant dans le congélateur, ils trouvèrent suffisamment de viande et de légumes pour que Blue ne s'inquiète plus de mourir de faim. Il était juste très mal à l'aise du cadeau de Stephanie. Ne pas savoir ce qui se passait l'agaçait.

Steph s'éloigna de lui pour ouvrir les placards.

— Je ferai des sandwichs si on trouve du beurre de cacahuète.

Blue sortit le pain congelé qu'ils avaient trouvé.

— Ça me va. J'ai repéré un jeu de cartes. On peut jouer pour savoir qui fera la vaisselle.

Elle renifla avec dédain.

— C'est vrai qu'il y aura tellement de plats à laver après tous ces sandwichs.

— Des couteaux, des cuillères, des assiettes, des poêles.

Devant le regard fixe de Stephanie, il lui fit un clin d'œil.

— Je plaisante. Nous n'avons pas besoin de cuillères.

Blue avait presque retrouvé sa sérénité lorsqu'une forte odeur de chat envahit son organisme. Il se retourna, s'attendant à trouver François en train de les dévisager.

Mais à la place, il découvrit un tableau emballé d'environ soixante centimètres sur cent-vingt, appuyé contre le côté le plus éloigné de l'îlot de cuisine. Caché à la vue de tous, pour ainsi dire.

En voyant l'étiquette portant le nom de Stephanie, à nouveau un sentiment d'incertitude le saisit, mais avant qu'il puisse y réfléchir, la jeune femme fut à ses côtés.

— Oh. C'est le cadeau que François a dit m'avoir laissé. Il n'avait pas à faire ça.

Elle le posa sur l'îlot et tira sur la ficelle qui l'attachait.

Les fils s'ouvrirent instantanément et se séparèrent du paquet comme par magie. L'emballage s'envola et soudain une image multicouche apparut.

Un seul regard suffit pour que Blue voie tout rouge.

Le paysage représentait une forêt dense avec différentes variétés d'arbres et un sous-bois vert luxuriant. Au loin, une petite clairière au milieu de la nature sauvage, avec un soleil scintillant tel un projecteur, comme pour mettre en valeur l'élément central.

Un puma allongé sous les rayons du soleil, la musculature accentuée par les ombres sur son corps. Une créature extraordinaire, dont la tête féline reposait sur les genoux d'une humaine.

Son humaine. Celle de Blue...

Parce que c'était bien Stephanie qui était représentée sur la toile. Même teint, même coiffure avec les cheveux qui reposaient sur son épaule droite, même position familière quand elle était détendue, avec les jambes croisées au niveau des chevilles, appuyée sur ses bras, le visage levé vers le ciel.

Peut-être tirait-il des conclusions hâtives ? Un million de personnes appréciaient cette position, mais c'était Stephanie, sans aucun doute.

Que fait notre compagne sur cette peinture ? demanda son loup, visiblement perplexe. *Pourquoi est-elle avec un autre métamorphe ?*

C'était l'un des moments de double personnalité les plus inconfortables que Blue ait jamais vécus. Il savait toujours ce que pensait son autre moitié, mais ils ne faisaient qu'un – le loup était une partie de lui, pas un individu distinct. Mais à cet instant, il avait vraiment l'impression que son loup s'était séparé de lui pour l'interroger.

Non, il *exigeait* une réponse.

C'est notre compagne. Il essaie de séduire notre compagne.

Un grognement sauvage s'échappa des lèvres de Blue. Stephanie le regarda avec inquiétude, et à juste titre, car son loup était à deux doigts de prendre le contrôle et se métamorphoser.

Blue ouvrit et ferma les mains plusieurs fois, luttant pour garder le dessus.

— Blue ? l'appela Steph en reculant d'un demi-pas. Ça va ?

Son subconscient devinait que l'animal sauvage à ses côtés était dangereux.

Tandis qu'il fixait le tableau, ses griffes commencèrent à apparaître. Patience. Attente. Toutes ces choses qu'il faisait depuis des mois s'effondrèrent en un éclair de fureur intérieure.

Sa main s'élança sans qu'il puisse l'empêcher. Il avait réussi à ne pas se métamorphoser, mais le loup ne plaisantait pas. Les griffes complètement déployées, Blue donna un coup sur la toile et se tourna vers Steph.

Il est temps. Maintenant. Maintenant, maintenant, maintenant, exigea son loup.

Elle le regarda droit dans les yeux. Dieu merci, il n'y vit pas de peur, mais de la confusion.

— J'imagine que tu n'aimes pas le cadeau que François m'a offert.

— Il essaie de te séduire. Mais il n'y arrivera pas, répondit Blue dans un grondement empli de frustration et de fureur.

— Je ne lui ai pas demandé de le faire, dit-elle avec douceur. Ce n'était pas ce que j'attendais de lui.

— Tant mieux, mais ça ne l'empêche pas d'essayer, et il n'y arrivera pas, déclara Blue d'une voix mi-humaine mi-animale. Parce que tu es ma compagne.

6

___

... u es ma compagne.

Stephanie sentit sa tête se vider de son sang.

— Quoi ?

Blue lui saisit les épaules pour l'empêcher de s'effondrer.

— Merde. Je ne voulais pas le dire à voix haute.

— Mais si tu l'as fait, c'est parce que tu penses que c'est vrai.

Ce n'était pas une question, car Steph savait qu'un loup ne plaisanterait pas avec une déclaration pareille. Elle avait appris cela toute seule, pendant que ses amies recevaient des leçons privées sur la vie des loups.

Blue acquiesça d'un signe du menton. Un frisson glacial la parcourut en sentant des griffes à l'arrière de ses bras.

— Blue, tu sais que tes griffes sont sorties ?

— Désolé, j'y travaille.

— Travaille plus vite, dit-elle doucement.

Puis parce que c'était vraiment un bon ami et que même

dans ce chaos, elle ne voulait pas qu'il s'inquiète, elle ajouta :

— Ce n'est pas que j'ai peur de tes griffes, mais je sais que c'est le genre de chose qui te dérange.

Il hocha la tête à plusieurs reprises en essayant de sourire, et frotta doucement ses paumes de haut en bas sur les bras de la jeune femme, les griffes bien loin de sa peau.

— Ce n'est ni le moment ni l'endroit que j'avais prévu pour faire cette annonce.

Stephanie réfléchit rapidement à tout ce qu'elle savait sur les loups.

— Ce n'est pas une nouveauté pour toi, n'est-ce pas ?

Le mouvement de sa tête changea de direction, d'abord de haut en bas puis d'un côté à l'autre, de façon quelque peu agressive.

— Non.

Merde, merde, merde. Stephanie pressa ses mains contre son torse, en partie pour garder son équilibre, et en partie pour pouvoir le caresser doucement.

— D'accord. Je pense qu'on doit en discuter calmement, mais as-tu besoin d'évacuer un peu de ton énergie d'abord ? Veux-tu que je fasse ces sandwichs ? Comment est-ce que je peux t'aider ?

Il déglutit avec effort.

— Me dire « youpi », et me déclarer ton amour éternel, n'est probablement pas possible, n'est-ce pas ?

Elle lui asséna une petite tape sur le torse.

— Un peu trop optimiste pour le moment. Mais je peux faire des sandwichs, et ensuite on pourra s'installer pour en discuter.

Blue s'éloigna, les mains retombant le long de ses flancs et ses griffes se rétractant doucement.

— Je vais te laisser mettre le beurre de cacahuète sur le

pain, dit-il en levant la main d'un air penaud. J'ai déjà utilisé ce genre d'ustensiles, et le résultat n'est pas joli à voir.

Stephanie se retira du côté du plan de travail où l'attendaient le pot de beurre de cacahuète et le pain. Derrière elle, Blue fouillait dans les placards. Elle l'ignora du mieux qu'elle put et se concentra sur sa tâche : bien étaler sur les coins, proprement et précisément, avec calme et sérénité.

L'exact opposé de ce qui se passait en elle. Elle était sa compagne ? Mais qu'était-elle censée faire de ça ?

Pourtant, son aveu lui donnait envie de danser et de chanter. Elle l'appréciait sincèrement, même s'ils ne se connaissaient que depuis trois mois. Peut-être parce qu'ils avaient passé beaucoup de temps ensemble, que ce soit pour travailler ou s'amuser, et que c'était exactement ce dont Stephanie avait besoin pour nouer des liens. C'était le reste qui l'inquiétait.

Les compagnons n'avaient pas de secrets.

Une autre noisette de beurre de cacahuète. Elle était intensément concentrée sur sa tâche alors qu'une multitude d'images du passé la submergeait, sanglantes et dures. Avoir un ami dans sa vie. Un compagnon qui, selon les règles des loups, serait toujours là pour elle.

Cet aspect ne semblait pas si mal. Mais ce qui la bloquait, c'était qu'il saurait alors ce qu'elle avait fait.

Et ce n'était pas possible.

Stephanie coupa soigneusement tous les sandwichs puis les déposa sur une assiette. Elle se retourna et vit que Blue était déjà assis à une table basse rustique au fond de la pièce. Il y avait posé deux verres et y versait un liquide doré.

Elle posa l'assiette entre eux.

— On boit en journée maintenant ?

— Ça me semblait approprié, dit-il en levant son verre.

Ils trinquèrent et Stephanie but une gorgée du whisky qui lui brûla la gorge, doux et puissant en même temps.

En face d'elle, Blue vida son verre d'un trait.

Elle haussa un sourcil.

— C'est bon pour ton métabolisme de loup ?

— Très bon, répondit Blue en reposant son verre et en pressant ses paumes contre la table.

Des mains à nouveau entièrement humaines, nota-t-elle avec approbation.

— Je ne peux pas revenir en arrière, et je n'en ai pas envie non plus. Mais ça ne changera rien.

Elle rit doucement. Quand il lui lança un regard interrogateur, elle reprit son sérieux et se pencha en avant.

— Tu dis n'importe quoi, Blue. Tu ne peux pas me balancer que nous sommes compagnons et ensuite me dire que ça ne changera rien. Tu ne veux pas continuer comme avant.

— C'est vrai, reconnut-il à contrecœur.

La conversation allait être difficile.

— Arrête d'être d'accord avec tout ce que je dis. J'ai besoin de savoir ce que tu veux vraiment.

— Je l'ai fait. Mon commentaire sur le fait de me déclarer ton amour éternel n'était pas une blague.

— Mais tu es assez intelligent pour savoir que ça n'arrivera pas. Pas tout de suite en tout cas. Alors, qu'est-ce que tout ça veut dire ? demanda Stephanie en prenant un sandwich pour occuper ses mains. Souviens-toi, je n'ai pas reçu de leçons sur les loups. D'après ce que j'ai vu de mes amies, leurs histoires se sont déroulées différemment. Cassidy a tout ce truc de gourou-loup-mystique qui la relie à Jace. Ma sœur et Delaney faisaient des rêves communs. Nous, on n'a rien de tout ça.

Blue haussa les épaules et prit également un sandwich.

— Je n'ai pas de réponse à cette question. Je n'ai jamais eu de compagne. J'en voulais une bien sûr... je te veux ... mais je ne sais pas à quoi ressemblera notre couple.

— Vous devriez vraiment écrire une encyclopédie qu'on appellerait : « Tout ce que vous devez savoir sur les loups-garous ». Ça serait très utile.

— Ça serait vraiment dangereux et pas si utile, car chaque couple semble avoir son propre fonctionnement. Et puis je ne connais pas d'autres Omegas... Non, c'est faux. Je connais des Omegas, mais nous ne sommes pas assez proches pour qu'ils me racontent des détails sur leur relation.

Stephanie hocha la tête et mangea son sandwich en silence. Elle réfléchit longuement.

Elle avait de l'affection pour Blue, ce qui était essentiel pour elle. Plus important que pour beaucoup de gens. Et même si l'idée d'être en couple et mentalement intime avec quelqu'un n'était pas encore envisageable pour elle, ils trouveraient peut-être une solution pour contourner cela.

Comme être de super-meilleurs amis, ce qui était presque – mais pas tout à fait – semblable à des conjoints.

Pendant qu'elle réfléchissait en silence, Blue vida lentement de la pile de sandwichs. Vêtu d'une chemise aux couleurs de l'arc-en-ciel et avec un corps tout en muscle, il se tenait bien droit, prêt à l'action.

Elle l'observa de plus près en se demandant ce que cela ferait d'être avec un homme tel que lui. Était-elle intéressée ?

Le fait que la réponse soit positive, lui procura à la fois un sentiment de soulagement et de panique. D'un côté cela éliminait une raison de refuser, mais d'un autre, cela lui donnait aussi un point de départ pour la prochaine étape de la conversation.

Elle attendit qu'il ait fini d'avaler sa bouchée, et but une autre gorgée de whisky pour se donner du courage. Puis elle s'éclaircit la voix.

— Il faut que tu saches quelque chose sur moi.

Blue se concentra sur elle. Comme à chaque fois, réalisa-t-elle. Concentré, attentif et attentionné, comme si ce qu'elle allait dire était d'une importance capitale pour lui.

— Oui ?

— Je suis demisexuelle.

Il avait déjà entendu ce mot, mais il ignorait ce qu'il signifiait. Il ne connaissait pas tous les termes évoqués par les médias concernant l'identité sexuelle. Cela ne l'intéressait pas vraiment : entre adultes consentants, le plaisir passait avant tout.

Mais c'était visiblement important pour elle. Il fallait donc qu'il comprenne de quoi il s'agissait. D'après le pli entre ses sourcils, cela pouvait être déterminant pour eux. Heureusement, cela ne semblait pas impliquer un non catégorique non plus.

— Que veut dire demisexuel ?

Elle soupira.

— Ça veut dire que je ne comprends pas les blagues de cul ou des phrases du genre « waouh, regarde ce mec canon ». Les discussions sur le sexe ne m'intéressent pas. Par exemple, regarder du porno m'ennuie parce qu'il n'y a pas d'intrigue et que je n'ai aucune attache émotionnelle envers les acteurs. J'ai l'impression de regarder un documentaire animalier sur la vie sexuelle des humains.

— Pas de sexe, dit Blue en se redressant. Tu n'aimes pas... le sexe.

Le regard volontaire de Steph vacilla, et à la grande surprise de Blue, elle rougit.

— Je n'ai pas dit ça. J'aime le sexe. En fait, j'aime beaucoup ça, mais seulement avec des gens en qui j'ai vraiment confiance et que j'apprécie. Sinon, je ne me sens pas attirée, peu importe si la personne est belle.

Blue réfléchit à toute vitesse à ce qu'elle avait dit plus tôt.

— Uniquement avec les gens auxquels tu t'attaches émotionnellement.

— Oui.

Elle continua à éviter son regard, piochant maintenant dans la croûte d'un sandwich qu'elle n'avait visiblement pas l'intention de manger.

C'était égoïste de sa part d'être extrêmement soulagé de savoir qu'il n'allait pas passer le reste de sa vie à vivre dans l'abstinence. C'était du moins, là où il espérait que la conversation allait les mener.

— Et est-ce que tu penses pouvoir bientôt t'attacher émotionnellement à moi ?

Elle leva brusquement les yeux et lui lança un regard noir :

— Blue !

— C'est juste pour savoir, dit-il en levant les mains. C'est un détail important dans une relation, même s'il n'y a pas que ça.

— J'en suis bien consciente, gémit-elle.

Blue écarta l'assiette et lui prit les mains. Stephanie entrelaça instantanément ses doigts aux siens. Il pouvait au moins lui dire cette vérité qui changerait peut-être la donne dans ce qui pourrait se passer entre eux.

— À la première minute où je t'ai rencontrée, mon loup m'a dit que tu seras ma compagne.

En voyant son regard inquiet, il ajouta aussitôt :

— Mais pas tout de suite.

Elle inclina la tête, et ses cheveux glissèrent de son épaule.

— Un loup intelligent, parce que tu ne me plaisais pas.

— Oh que si. Tu sais que tu m'aimais bien. Tout le monde m'aime bien, la taquina Blue pour détendre l'atmosphère.

— C'est vrai que tu es quelqu'un de très sympathique, répondit Stephanie en souriant.

C'était tellement plus clair maintenant.

— Tu ne m'aimais pas dans le bon sens du terme. Mais maintenant, si.

Elle jeta un regard au tableau appuyé contre le mur qu'il avait lacéré. Il avait fait une entaille précise qui avait laissé l'image de Stephanie intacte, et mise celle du puma en lambeaux.

Comme il refusait de lui lâcher la main, elle pointa la toile d'un geste du menton.

— Ça me perturbe un peu.

— Je n'en suis pas fier. Est-ce que je peux rejeter la faute sur mon loup ? Il n'aime vraiment pas ton François en ce moment.

Le regard de Stephanie brilla d'un éclair de colère.

— Ce n'est pas *mon* François. Je n'ai rien fait pour l'encourager et je ne lui ai jamais donné de photo de moi pour qu'il puisse me peindre. Je ne suis pas une idiote et je vois ce qu'il a fait.

— Donc, tu réalises ce que ça veut dire ?

Elle soupira lourdement.

— Qu'il m'a espionnée ?

À nouveau Blue se sentit envahi d'un sentiment de malaise. Quant à son loup, il était hérissé à l'idée que quelqu'un traîne autour de Timberwolf Lodge pour l'espionner.

— Je vais faire renforcer la sécurité au lodge. Et il faudra avoir une discussion franche avec François.

Stephanie retira ses mains et agita son index devant le visage de Blue.

— Ça sera à moi de le faire. Mais tu pourras être là, ajouta-t-elle rapidement en devinant qu'il allait protester.

Mais la conversation n'était pas encore terminée se dit Blue, car ils étaient loin d'avoir trouvé une solution sur le sujet le plus important de sa vie.

Il s'adossa donc au dossier de sa chaise afin de lui laisser un peu d'espace.

— Stephanie.

— Blue, dit-elle en imitant sa position.

Elle croisa même les bras sur sa poitrine, mais chez elle, la posture mit en valeur ses seins parfaits, provoquant des réactions intéressantes sur le corps de Blue.

— Tu es très importante pour moi, parce que mon loup dit que nous sommes potentiellement destinés l'un à l'autre. Mais aussi parce qu'au cours des derniers mois, j'ai appris à t'apprécier, moi aussi.

Elle lui offrit un doux sourire.

— Ohhh, c'est mignon.

— Qu'est-ce qui te permettrait de passer au statut de compagnons ?

À le voir aussi poli et réservé, personne n'aurait deviné les pensées primitives qui l'agitaient : la déshabiller, la séduire et la mordre.

Elle hésita.

— Ce n'est pas que tu n'es pas quelqu'un de bien. Je vais même être franche : l'idée de coucher avec toi me plait, mais je ne suis pas très enthousiaste à l'idée de m'engager. Ce n'est tout simplement pas pour moi.

— Je ne te le demande pas pour aujourd'hui, dit Blue avec une patience infinie. Mais j'espère que tu resteras ouverte à l'idée. Et peut-être même qu'on finira par trouver notre propre magie mystique ? Qui sait comment ça évoluera entre nous ? C'est à ça que j'espère que tu donneras une chance : une chance de devenir ce que nous sommes censés être.

La réticence dans le regard de la jeune femme se transforma en espoir.

— Je t'apprécie, Blue. J'aime être avec toi parce que tu es drôle, intelligent et que tu me fais rire. Si tu me demandes si je veux continuer à passer du temps avec toi, la réponse est oui, absolument.

— Et faire plus que passer du temps ensemble, comme on l'a fait jusqu'à présent ? On pourrait passer à l'étape suivante ? demanda Blue avant de laisser échapper un rire. Je ne me suis jamais senti aussi humain qu'en ce moment. Mon Dieu, les loups ne sortent pas avec leurs compagnons.

Elle sourit à nouveau ; un vrai sourire sincère.

— Profite. Vis l'expérience humaine à fond. Ça ne peut que t'être bénéfique de comprendre comment fonctionne ton autre moitié.

Blue se leva et lui tendit la main pour l'aider à se lever également.

— Stephanie Nix, veux-tu sortir avec moi ?

Les lèvres de la jeune femme tressaillirent.

— Mon Dieu, dit-elle en se retenant de sourire. Pendant une seconde, j'ai cru que tu allais me demander de coucher avec toi.

Il prit une expression horrifiée.

— Je suis peut-être cool, mais je ne suis pas ce genre de loup.

Ils éclatèrent de rire, puis Stephanie se rapprocha et posa les mains sur ses épaules, les yeux brillants en le fixant intensément. Elle réfléchit, et pesa le pour et le contre.

Il aurait pu rester ainsi toute la journée parce qu'elle était pressée contre lui, et bon sang, c'était si agréable.

Mais il se passa alors la meilleure des choses : elle dit oui.

— Sortons ensemble. On apprendra à mieux se connaître, et on verra ce qui se passe avec ce truc magique abracadabrant de loup Omega. Mais surtout, on sera amis.

— Formidable, dit-il en posant les mains sur ses hanches.

Elle noua ses bras autour de sa nuque et se mit sur la pointe des pieds.

— Des amis qui s'embrassent.

7

Elle se fia entièrement à son instinct et embrassa Blue, certaine de ne pas se tromper.

Ce fut un doux contact des lèvres. L'haleine de Blue, avec sa saveur de nature sauvage et de montagnes, caressa sa joue. Quand elle taquina sa bouche de sa langue, un gémissement sourd résonna du plus profond de lui, et ses mains se resserrèrent sur les hanches de Stephanie.

Ils se pressèrent l'un contre l'autre, ses seins contre les puissants muscles de ce torse impressionnant, et son sexe durci contre son ventre. Stephanie pencha la tête afin de pouvoir l'embrasser plus profondément.

Il resserra son étreinte et la souleva du sol. Instinctivement, elle enroula ses jambes autour de lui et un instant plus tard, elle se retrouva plaquée contre le mur. Blue avait complètement pris le contrôle du baiser.

Elle était suspendue dans les airs, maintenue par un mâle musclé vêtu d'un kaléidoscope de couleurs. Mais pourquoi est-ce que son cerveau songeait à ce que portait cet homme quand sa langue et ses dents faisaient des choses si diaboliques à sa bouche ?

Elle haleta lorsqu'il lui mordilla la lèvre inférieure, envoyant une décharge électrique directement de sa bouche à son sexe. C'était comme si la tempête qui continuait de faire rage à l'extérieur se projetait en une petite version dans la pièce. Un crépitement de plaisir la submergea en entendant le gémissement de Blue alors qu'il passait de sa bouche à sa mâchoire, puis dans le creux de son cou.

Quand il aspira sa peau, ce fut comme si la foudre l'avait frappée. Chaque parcelle de son corps s'illumina de plaisir. « Blue », gémit-elle.

— Je ne veux pas arrêter, dit-il entre deux baisers. Te toucher. Te goûter, ça n'a rien à voir avec ce que j'ai pu expérimenter auparavant.

Stephanie resserra ses jambes et se pressa contre son érection. Ils gémirent tous deux, puis encore lorsque Blue la souleva et l'abaissa légèrement, intensifiant la sensation.

Elle lâcha ses épaules, et prit son visage pour l'embrasser, car elle en voulait plus : le goûter, le toucher.

Blue s'éloigna du mur, toujours en l'embrassant, alors qu'il retournait à tâtons vers la table. Il s'assit sur une solide chaise de cuisine et l'installa sur lui, ses jambes pendant de chaque côté.

Il lui fut plus facile de continuer à l'embrasser de cette façon. Elle glissa ses mains sur son torse, ouvrant les boutons et repoussant l'étoffe pour pouvoir poser ses paumes sur la peau nue qu'elle dévoilait. Elle le griffa légèrement et le fit gémir. Sa chaleur était captivante et addictive, laissant Stephanie à bout de souffle lorsqu'ils rompirent le baiser.

Elle imaginait de quoi ils devaient avoir l'air à cet instant. Les cheveux de Blue partaient dans tous les sens comme s'ils s'étaient roulés dans un lit pendant des heures.

Sa chemise ouverte sur l'avant pendait sur une épaule, et quatre marques de griffures étaient visibles sur son torse.

Oups. Peut-être qu'elle n'avait pas été aussi douce qu'elle le croyait ?

Les cheveux de Stephanie retombaient devant ses yeux, et son T-shirt était de travers à l'endroit où la main de Blue reposait toujours contre sa taille nue.

Ils se sourirent. Blue caressa son dos de haut en bas, mais ne fit aucun geste pour recommencer à l'embrasser ou continuer, et c'était... parfait.

— Ça m'a plu, admit Stephanie.

— Je suis ravi de te l'entendre dire, dit-il avec un large sourire. Ça te va si je prévois de recommencer souvent dans les jours à venir ?

Elle hocha la tête.

— Je sais que ça n'en a peut-être pas l'air, vu la façon dont je t'ai sauté dessus, mais ce serait probablement bien qu'on ralentisse.

— Pour qu'on apprenne à se connaître autrement ? Je comprends.

D'une manière ou d'une autre, elle avait besoin de naviguer entre le sentiment d'être à sa place auprès de lui, et la peur totale d'être mise à nue.

Elle décida finalement qu'elle y réfléchirait plus tard. Après tout, son loup avait dit qu'ils finiraient ensemble. Il y avait encore beaucoup de temps entre le présent et ce moment-là.

En attendant, elle s'efforcerait de ne pas abîmer cet homme bon et doux, avec les taches de son passé.

Blue repoussa les cheveux de la jeune femme derrière son oreille.

— Pour changer de sujet, la tempête est encore assez

forte, donc nous n'irons pas à l'atelier. Jetons un œil aux tableaux et commençons à les emballer.

— Il va falloir qu'on emporte celui-là aussi, dit-elle en désignant la peinture qu'il avait lacérée de sorte à séparer son image de celle de François.

— Je m'excuserais bien d'avoir détruit ton cadeau, mais je ne serais pas honnête.

Il regarda à nouveau le tableau et grogna. Puis il s'éclaircit la gorge, l'air presque embarrassé.

— Mon loup est vraiment furieux.

— On dirait bien.

Elle avait vu son loup de nombreuses fois, mais l'idée d'être compagnons changeait encore les choses.

— Avant de commencer à emballer, j'ai une faveur à te demander.

— Je dirais bien « tout ce que tu veux », mais j'ai reçu une leçon de quelqu'un de bien plus intelligent que moi. Stephanie, que puis-je faire pour toi ?

Sa réponse était si parfaite qu'elle lui tapota le nez.

— Je veux parler à ton loup.

— Vraiment ? demanda-t-il étonné.

— Oui, vraiment. J'ai souvent vu ton loup, dit-elle avant de plisser les yeux. Pourquoi ? Tu penses que ce n'est pas une bonne idée ?

Pendant un instant, Blue parut presque penaud.

— Je préfère t'avertir : il agit bizarrement ; très indépendant et pas du tout moi, mais il ne te ferait jamais le moindre mal.

Il prononça cette dernière partie avec une conviction absolue.

Stephanie se leva de ses genoux aussitôt et lui tendit la main.

— Eh bien, peut-être qu'il a juste besoin de me parler en personne.

Blue termina de retirer sa chemise, puis il défit sa fermeture éclair et retira son pantalon et son boxer d'un seul geste. Il resta alors là, presque à faire la roue sous son regard.

Bon sang, il était vraiment musclé : torse et épaules larges, une taille et des hanches étroites. Il contracta les muscles de son buste qui descendaient jusqu'à son bas ventre, mais elle refusait de regarder.

Non, elle ne regarderait pas son érection, même si cela lui demandait toute sa volonté pour continuer son inspection vers le bas, le long de ses cuisses et de ses mollets musclés qu'elle aurait aimé mordiller.

— Je commence vraiment à aimer cette nouvelle situation « amis avec des à côté ».

Son ton rauque et profond fut comme une douce caresse de velours sur la peau de Stephanie. Elle ne pouvait détacher le regard de son corps humain.

— Tu ferais mieux de te métamorphoser.

— Steph, dit-il avec douceur. On sera bien ensemble. Je te le promets.

Avant qu'elle puisse répondre, il exécuta à nouveau ce tour de magie, changeant la chair et les os, en fourrure et crocs.

Blue ne se souvenait pas d'avoir été un jour dans l'incapacité de communiquer avec son autre partie. Il ignorait ce que c'était que d'être pleinement humain, donc essayer de comparer sa relation habituelle avec son loup avec ce qu'il ressentait en ce moment était difficile.

Plus jeune, comme la plupart des enfants de la meute, il passait sans réfléchir de l'animal à l'humain lorsqu'il se trouvait dans une situation sûre. À la maison ou avec ses compagnons de meute, il jouait, apprenait et faisait toutes sortes de bêtises.

Il avait toujours été aux commandes. C'est-à-dire, lui, l'humain, le côté pensant qui était un peu plus au courant des protocoles.

Mais ce n'était pas le cas en ce moment. Pas du tout. La situation la plus proche à laquelle il pouvait comparer cela, c'était d'être passager d'un véhicule. Et pas avec Jace ou un autre de ses amis au volant. Non, c'était plutôt comme si un inconnu conduisait et que Blue était assis sur le siège arrière le plus éloigné, dans un van à quinze places. Ou peut-être coincé dans le coffre d'une voiture.

Son loup contrôlait tout.

Cela devait avoir un rapport avec le fait que Stephanie était sa compagne, même si Jace ou Del n'avaient jamais mentionné une bizarrerie pareille. Mais encore une fois, aucun d'eux n'était un Omega.

Il ne pouvait donc pas faire grand-chose, à part observer et prendre des notes. Heureusement, il savait que son loup adorait Stephanie, peut-être même plus que lui.

Donc lorsqu'elle s'agenouilla devant lui et ouvrit les bras, Blue ne s'inquiéta pas le moins du monde. Son loup s'approcha et effleura son épaule du menton avant de se frotter à elle, l'enveloppant de son odeur.

— Tu es très doux, dit Stephanie en caressant sa fourrure.

Il lui donna un coup de museau avant de s'accroupir légèrement pour montrer ses muscles. Derrière elle, un filament de la toile qu'il avait griffée flotta dans les airs. Il renifla. Ce maudit puma aurait bien aimé avoir autant de muscles que lui. Il ne lui faudrait pas longtemps pour jeter ce bâtard au sol et le mordre à la gorge.

Stephanie rit doucement.

— Oh, excuse-moi. Quand j'ai dit doux, je voulais parler de ta fourrure. Tu es très puissant.

Depuis sa place sur le siège arrière, Blue aurait vraiment aimé pouvoir lever les yeux au ciel. Son loup, lui, savoura ce compliment comme un bonbon, et se pressa contre ses doigts pour qu'elle le caresse. Ce que Stephanie fit de bonne grâce.

— C'est donc toi qui as dit à ton ami qu'on serait compagnons ? demanda Stephanie en tournant son museau vers elle pour le regarder dans les yeux. Je suis sûre que tu sais que nous avons décidé de sortir ensemble. Tu devras donc être patient car les choses ne fonctionnent pas pareil pour les humains et les loups. Tu as compris ?

Cette conversation aurait dû être très étrange, puisque Blue était le loup, et que le loup était Blue. Mais la jeune femme était manifestement plus intelligente que lui, car son loup la renifla avec force avant de se coucher sur le dos.

— Un doux loup au cœur tendre.

Doux, très certainement. Les caresses sur le ventre furent très appréciées par Blue et son loup.

Ils restèrent ainsi durant quelques minutes tandis que Blue se délectait et profitait des caresses de sa future compagne. Cela allait se faire.

Finalement, Stephanie se leva.

— Tu dois redevenir humain. La tempête ne va pas s'arrêter, et on va devoir s'occuper en jouant aux cartes ou autre pour passer le temps. On devra également emballer les tableaux. Je crois avoir vu des provisions rangées dans l'entrée. Je vais nous chercher des verres d'eau et on se retrouve là-bas.

Blue, qui était son loup, mais en même temps non, s'assit calmement sur le sol. Sa queue remuait follement tandis qu'il la regardait se déplacer dans la cuisine en fredonnant joyeusement. Elle semblait déjà remise de la révélation choquante qu'il lui avait faite.

Cela aidait sûrement qu'elle ait passé les trois derniers mois parmi une meute de loups, sans compter toutes ces années à être la tante d'un enfant loup solitaire.

Elle sortit de la pièce et Blue se concentra pour redevenir humain.

Normalement, cela se passait sans effort. Il suffisait d'y penser, et il redevenait son autre moi.

Mais en ce moment, son loup hésitait. Il gardait le contrôle.

Pas trop inquiet, Blue observait depuis sa banquette arrière, attendant de voir ce que son côté animal manigançait. L'horreur l'envahit lorsqu'il réalisa que son loup l'avait fait avancer près du tableau appuyé au mur. Une seconde plus tard, il leva la patte et marqua son territoire sur toute la toile.

Après cela, son loup se dirigea avec contentement vers la pile de vêtements humains et abandonna les rênes.

Blue redevint humain, jurant à voix basse alors qu'il enfilait ses vêtements avant de chercher des produits de nettoyage.

8

Blue fut long à la rejoindre, mais Stephanie avait d'autres préoccupations. Elle avait perdu tout contrôle tout à l'heure, et elle ignorait encore si c'était une bonne chose ou pas.

C'était vraiment incroyable : elle avait un compagnon.

Elle n'aurait jamais dû accepter, mais cela lui semblait cruel à présent de se rétracter. Et elle ne pouvait pas mentir en disant qu'elle ne désirait pas sortir avec Blue, parce que c'était absolument faux. C'était toutes les autres choses compliquées qui la faisaient douter.

Mais il y avait plus urgent. Ils étaient coincés en montagne, donc elle ne pouvait pas discuter avec sa sœur ou Cassidy pour trouver une solution à son dilemme. Elle avait essayé de téléphoner, mais ça ne captait absolument pas.

Il était donc temps de prendre des vacances forcées. Un peu de détente et d'emballage de tableaux, en espérant que Blue n'en détruise pas d'autres.

Mais cela ne l'inquiétait pas vraiment. Il était très clair que François avait outrepassé les limites de la bienséance.

Elle rassembla le matériel nécessaire, qui était déjà posé

sur la table, et réfléchit à la meilleure façon de procéder, lorsque Blue la rejoignit enfin.

— J'ai réfléchi à ces peintures et à si ça serait une bonne chose de les accrocher au lodge, et j'ai décidé qu'elles y seraient très bien, annonça-t-elle.

Blue sentait le liquide vaisselle et le désinfectant. Une bouffée de produit de nettoyage émana de lui alors qu'il se tint à côté d'elle et tendit docilement la main pour maintenir la ficelle du premier tableau qu'elle emballait.

— Tu as dû faire des calculs compliqués pour trouver cette réponse ?

— Absolument, répondit Stephanie en se tournant vers lui, la hanche pressée contre la table. François est manifestement venu au lodge pour savoir à quoi je ressemblais. Ce cadeau allait trop loin. Il ne sera donc pas accroché.

— Ça c'est clair, marmonna Blue avec agressivité avant de prendre une voix beaucoup plus joyeuse et fausse. Oh non, quel dommage.

Stephanie éclata de rire.

— Mais c'est un bon artiste, et ses autres peintures sont exactement ce qu'il nous faut. Et comme elles ne violent aucune limite, je veux bien les accrocher, surtout que toi et moi allons avoir une discussion mature, adulte et rationnelle avec François pour lui dire...

Elle marqua une pause et Blue haussa un sourcil.

Oh, mon Dieu. C'était comme sauter dans une piscine depuis un plongeoir de dix mètres de haut.

— Pour lui dire que nous sommes ensemble, conclut-elle.

Il se détendit en entendant ses paroles.

— Ton idée me plait.

— On n'est que des compagnons à l'essai, lui rappela-t-elle.

Il prit le verre d'eau qu'elle lui avait laissé sur la table en souriant, et le porta à ses lèvres avant de répondre :

— C'est comme ça qu'on va l'appeler ?

— Je ne pense pas que ma sœur approuverait qu'on annonce aux enfants qu'on est des copains de baise.

Blue faillit s'étouffer, et se retint de justesse de renverser l'eau sur les peintures posées sur la table. Stephanie fit claquer sa langue et lui tapota la main.

— Désolée. C'était un peu grossier.

— Tu peux nous appeler comme tu veux, du moment que c'est vrai, dit Blue avec un grand sourire.

De voir autant d'espoir et de bonheur dans ses yeux la fit culpabiliser. Sur le plan physique, elle était partante pour faire évoluer leur relation. C'était le reste qui l'inquiétait.

Ils se mirent au travail et commencèrent à emballer les tableaux sans insister sur le sujet. Blue fit quelques commentaires sur le talent de François, et montra l'une des peintures avec enthousiasme :

— Cette vallée ressemble exactement à ça. Peu de touristes réussissent à s'y rendre. Si je ne voulais pas faire un nœud à la queue de François, je pense qu'on serait bons amis.

— Vous avez visiblement les mêmes goûts en matière de femmes également, fit-elle remarquer avant de lui adresser un « tsss » agacé. Arrête de grogner. Je plaisantais.

— Je sais. Ce n'est pas moi, rétorqua Blue en levant les mains en signe de reddition. Mon loup est encore énervé et réagit de manière excessive à tout. Je suis désolé, mais je ne peux pas faire grand-chose.

— C'est peut-être le moment pour me donner un cours sur les loups, dit-elle en repliant les coins du papier d'emballage sur la dixième toile. Quand tu te transformes en loup, es-tu toujours à l'intérieur ? Ou es-tu un loup Blue, au lieu du Blue humain d'en ce moment ?

Il fronça les sourcils avant de répondre.

— Normalement, ta question n'aurait même pas de sens. Nous sommes des métamorphes : une seule personne avec une forme humaine et une forme animale. Il y a des choses que mon côté humain fait mieux, comme tenir une fourchette ou les maths avancées.

— Je croyais que tu étais nul en maths.

— J'ai quitté l'école il y a longtemps, expliqua-t-il. Je connais les maths, mais je préfère les laisser à ceux qui aiment ça. C'est mon côté gentil et généreux.

— C'est le côté humain. Je suppose que ton loup est plus doué dans des choses comme renifler, pister et se cacher.

— Il n'a pas que des instincts animaux. Je veux dire, je ne suis pas seulement animal quand je suis un animal, protesta Blue. Je raisonne et je pense toujours.

Il fit alors une autre grimace avant de préciser :

— Par exemple, mon côté loup sait instantanément en entrant dans une pièce avec qui il a des liens, amicaux ou familiaux. C'est comme une cartographie de meute très utile.

— Tu as dit que normalement ma question n'aurait aucun sens. Pourquoi est-ce qu'elle en a maintenant ?

Blue continua à coller quelques morceaux de ruban adhésif sur un paquet, puis le plaça contre le mur avec les autres déjà terminés. Puis il se tourna vers elle.

— Je ne sais pas si c'est en ce moment, parce que nous sommes en quelque sorte en couple...

— Un couple-copains, proposa-t-elle.

Blue lui sourit.

— C'est mignon. Bon, je ne sais pas si c'est à cause de ça ou parce que je suis un Omega et qu'il y a un tas de magie dans ce que je fais habituellement, mais mon loup agit très différemment de la normale.

Elle tenta de comprendre ce qu'il disait.

— Ça me parait compliqué. Si tu veux faire quelque chose et qu'il veut faire autre chose, qui gagne ?

Encore une fois, il haussa les épaules.

— J'improvise au moment venu, admit-il.

Puis il la serra avec douceur contre lui de cette façon protectrice qui la faisait fondre, comme chaque fois.

— Tout ce que je peux t'affirmer, c'est que lui et moi t'adorons. On ferait n'importe quoi pour que tu sois en sécurité, mais plus que ça, on veut que tu sois heureuse. Donc, même si ma personnalité de métamorphe te semble compliquée et embrouillée, tu pourras toujours compter sur moi. Quelle que soit ma forme.

Stephanie posa sa joue sur son torse et glissa ses bras autour de sa taille pour le serrer contre elle.

— Merci. Moi aussi j'improvise cette relation au fur et à mesure. Tu es un homme bon, Blue. Et un bon loup.

Elle lui tapota le dos comme s'il était toujours sous sa forme de loup et ajouta :

— On trouvera comment faire. On trouvera.

Il devait forcément y avoir un moyen de continuer à vivre toutes les bonnes choses qui s'étaient produites dans son monde : gagner le lodge, pouvoir vivre avec son amie et sa sœur, se faire de nouveaux amis. Tout cela devait continuer, et si elle pouvait en plus, avoir quelque chose rien que pour elle...

Non. C'était là que le conte de fées s'arrêtait. Pour l'instant, elle ne voyait aucune issue.

— Hé.

Des doigts puissants se posèrent sous son menton et relevèrent sa tête pour croiser les yeux bleu perçant d'un loup.

— Pas de pression. Juste toi, moi et le mec à fourrure. Tout ira parfaitement bien pour nous.

— D'accord.

Parce qu'on ne dit jamais aux gens heureux des contes de fées qu'un désastre est sur le point de se produire.

Le paradis et l'enfer. Un mélange si parfait. Un moment seul avec Steph, versus, un moment seul avec Steph où ils auraient pu se réjouir d'être coincés en tête à tête.

La tempête continua de faire rage durant tout l'après-midi, ce qui les obligea à trouver des moyens de se distraire. Malheureusement, il n'était pas question de se rouler sur l'énorme lit du sous-sol et s'étourdir de plaisir.

Au lieu de cela, ils jouèrent aux cartes, lurent des énigmes et rirent à en avoir mal au ventre, fabriquèrent des bateaux en origami – Blue était expert – et les firent flotter dans les flaques d'eau du porche. Ce ne fut pas aussi réussi avec le vent qui faisait chavirer les voiliers.

Le soir venu, Blue se sentait enfin normal. Son loup faisait la moue – autant que possible – mais il ne mordait plus et n'essayait plus de prendre le contrôle.

Pendant que Stephanie faisait réchauffer des plats, Blue cuisinait un steak de saumon trouvé dans le congélateur. Il avait également fouillé la cave à vin, et sorti un très bon Viognier blanc pour accompagner leur repas.

Grâce à Steph, s'asseoir à la grande et longue table formelle fut agréable. Elle avait trouvé une chaise supplémentaire et l'avait ramenée dans la pièce, les plaçant en coin l'un par rapport à l'autre. Elle, en bout de table, et lui juste à côté, tous deux avec une vue magnifique sur le spectacle des lumières qui se poursuivait à l'extérieur.

— C'est une grosse tempête, non ? demanda Steph en fixant le paysage, son verre à la main, alors qu'un éclair exceptionnellement brillant déchirait le ciel.

— Plutôt, mais je ne pense pas qu'il faille commencer à construire une arche. Ça sera terminé demain matin, je pense.

Steph sirota son vin et mangea un autre morceau de l'excellent saumon.

— Je t'ai déjà posé la question, et je suis sûre que Cassidy et Stacy aussi, mais..., dit-elle avant de marquer une pause.

— Quoi ?

Elle posa sa fourchette et croisa les mains.

— Copain-compagnon, j'ai besoin de conseils pour aider ma famille.

— Je préfère compagnon ou copain, mais pas les deux. On dirait un marin bourré, suggéra-t-il, toujours extrêmement amusé. Dans quel domaine spécifique dois-tu les aider plus que tu ne le fais déjà ? Parce que tu participes énormément au lodge et tu comptes beaucoup pour elles.

— Oh, on s'entend très bien, déclara Steph en hochant la tête. Je les aime de tout mon cœur et je sais qu'elles m'aiment. Ce n'est pas ça.

— Tu as un compagnon dérouté face à toi.

Elle croisa son regard.

— Là ça fait tellement...

— Bien ?

— Formel.

— Alors disons bien et formel.

Steph leva les yeux au ciel.

— Si j'ai une question, es-tu tenu par la loi des compagnons de la garder secrète ? demanda-t-elle avec une légèreté feinte.

Son loup se mit aussitôt en alerte. *Elle a peur.*

Je suis humain, pas débile, répondit sèchement Blue à son autre moi, tout en essayant de rester naturel.

— Je pense que c'est encore une situation où je dois connaitre la question pour te donner une réponse. Je garderai le secret dans la mesure du possible.

Elle tira la langue.

— J'aurais préféré ne jamais t'apprendre à arrêter d'être Monsieur Coopératif.

Il haussa les épaules.

— Je veux le meilleur pour toi. Si je suis bloqué par un secret, je n'aurai peut-être pas la liberté de faire le nécessaire.

Pourtant il la comprenait parfaitement. Lui-même avait vécu des choses dans le passé dont il n'avait jamais parlé à personne. Et il comptait bien que cela reste ainsi.

— Voilà ma question : nous avons un calendrier à respecter et je veux vraiment faire ma part pour m'assurer qu'on remportera ce défi.

Blue hocha la tête.

— Oui. Et ton spa rencontre un énorme succès auprès de la clientèle, donc la mission est bien avancée.

— Non, je veux faire plus. Je veux être sûre qu'on ne passe pas à côté de quelque chose.

Quand elle se mordilla la lèvre, Blue se concentra sur ses yeux pour réfréner son tremblement de désir. C'était un sujet sérieux et il devait y prêter une attention particulière.

— J'ai compris. Tu veux être sûre que la meute Wilson

donnera son accord et qu'elle vous laissera le lodge de façon définitive.

Toujours pensive, Stephanie hocha la tête.

— Jusqu'à présent, on s'est surtout concentrées sur le bon fonctionnement du lodge et le fait d'en faire un endroit formidable. Mais pourquoi ne pas nous pencher un peu plus sur l'aspect humain ? Ou peut-être devrais-je dire : l'aspect loup.

Oh. Il pensait savoir où elle voulait en venir.

— Tu veux approcher la meute Wilson pour voir savoir si vous vous en sortez bien ?

— Est-ce qu'on connaît quelqu'un de la meute Wilson ? demanda-t-elle en se penchant en avant.

Blue réfléchit.

— Il y a un des liens communs entre la meute Wilson et la meute Jasper. C'est un peu compliqué, mais ce ne sont pas vraiment deux meutes distinctes. La meute Wilson a été la première arrivée dans la région. Ils sont en quelque sorte considérés comme des aïeuls, et sont respectés.

— Alors, on pourrait les inviter ? demanda-t-elle avec enthousiasme, avant de se rétracter. Mais si on le fait trop tôt, ça pourrait ruiner nos chances. Parce que si nous ne sommes pas complètement fantastiques, ça donnera une mauvaise image.

— Non, attends un peu. Je pense que ton idée n'est pas mauvaise. Nous avons des membres lointains de la famille Wilson dans notre meute, dit-il en s'efforçant de se souvenir de qui il s'agissait.

Soudain, la joie l'envahit en se rappelant.

— Une de ces familles a une adolescente qui sera au lodge la semaine prochaine.

Le visage de Stephanie s'illumina.

— La journée pour ados : « viens te faire des amis et sois un bon loup ». C'est formidable.

Elle réfléchit avant de poursuivre :

— Tu penses qu'elle sera déposée ou récupérée par quelqu'un de sa famille et qu'on pourra discuter tranquillement ?

— Il faut d'abord que tu saches quelques petites choses sur les loups. Étant donné que la meute Wilson ne fait pas partie de la nôtre, il faudra une invitation officielle pour pouvoir se fréquenter. On pourrait parfaitement suggérer qu'il serait bon qu'un ancien des Wilson vérifie les bonnes conditions d'accueil de leur adolescente.

— Et tu peux faire ça ? Je veux dire, est-ce que tu vas le faire ?

— Avec plaisir.

Cette façon qu'elle eut de le regarder – avec des étoiles dans les yeux... Blue voulait vivre cela éternellement.

Une fois le projet mis en place, le reste de la soirée passa à toute vitesse avec de la lecture devant un feu de cheminée. Le style de vie opulent de François convenait parfaitement bien à Blue.

Il fallait juste que ce bâtard apprenne à rester loin de sa compagne.

Au moment de dormir, Blue avait un plan qu'il comptait bien mettre à exécution. Leur baiser avait augmenté son intérêt au plus haut point. Mais ils devaient encore bâtir cette relation, et après avoir attendu si longtemps, cela n'allait pas le tuer de patienter quelque peu.

— J'ai une idée, dit-il.

Il s'appuya contre la porte de la salle de bain où Stephanie fouillait dans les placards pour trouver des brosses à dents. Lorsqu'elle croisa son regard, il lui tendit un T-shirt de sa réserve d'urgence provenant de la Jeep. Savoir qu'elle allait être enveloppée de son odeur le satisfaisait pleinement.

— Utilise-le comme pyjama. Je t'ai installé un lit devant la cheminée.

Elle rougit aussitôt malgré son regard amusé.

— On ne va pas utiliser le grand lit du donjon ?

Blue bloqua le grognement qui monta en lui et s'éclaircit la gorge.

— Mon loup semble avoir son idée sur cette pièce. Je pense que tu seras très à l'aise dans le salon.

Il disparut avant qu'elle puisse poser d'autres questions.

Le passage à son loup se fit plus rapidement que d'habitude car la bête avait hâte de prendre les commandes. Il se précipita vers les couches de couvertures que son côté humain avait soigneusement disposées devant la cheminée et s'allongea en plein milieu avant de se rouler sur le dos afin de bien laisser son odeur sur les draps.

Tu es vraiment pénible, lui dit Blue avant de réfléchir et d'ajouter honnêtement : *mais je suis absolument d'accord cette fois.*

Puis il se poussa sur le côté afin de laisser une place à Stephanie, et posa son museau sur ses pattes en attendant qu'elle le rejoigne.

9

———————

Stephanie posa sa brosse à dents sur le meuble de salle de bain et redressa les épaules. Ils avaient passé une merveilleuse soirée, et à présent elle tremblait d'impatience. Elle ignorait comment se déroulerait la nuit, mais elle savait que ce serait bien.

On pouvait dire que Blue savait embrasser. Ce baiser qu'elle aurait voulu ne jamais arrêter n'avait cessé de lui revenir en mémoire aux moments les plus inopportuns de la soirée.

Le cœur tambourinant, elle entra dans le salon avec autant d'assurance que possible. Mais un rapide sentiment de déception la frappa, avant d'être remplacé par de la joie. Si Blue avait été étendu nu, comme sur un buffet, elle aurait apprécié aussi. Mais être dans cette pièce avec lui en forme de loup et les flammes mourantes de la cheminée qui avaient pris une chaude couleur ambrée était parfait.

Elle prit son élan et atterrit en rebondissant sur le matelas improvisé, près du loup de Blue.

Il laissa échapper un grognement amusé, et elle posa une main sur sa tête.

— Tu es un imbécile. Mais j'apprécie ce que tu as fait. Merci, dit-elle en déposant un baiser entre ses yeux.

Comme elle ne recula pas assez vite, il en profita pour lui lécher la joue.

• Eh ! Je me suis déjà lavé le visage.

Il s'écarta légèrement, la langue pendante, tandis qu'il arborait un sourire de loup.

— Oui, je sais. Les microbes de loup sont de bons microbes. Mais ne recommence pas, le prévint-elle sévèrement.

Elle s'installa sur les couches de couvertures empilées par Blue pour former un nid douillet, et il se mit en boule en se blottissant contre elle.

Elle caressa la douce fourrure autour de son oreille.

— Je préfère ne pas trop y penser, sinon ça devient bizarre, mais c'est quand même incroyable. Tu es un loup magnifique, Blue.

Il soupira doucement, fermant les yeux avec contentement.

Le sommeil finit par les gagner, malgré la tempête qui continuait à faire rage.

Jusqu'à ce que la sensation de confort et de chaleur cède la place à des dents et des griffes, et que Stephanie frissonne.

Bonheur et colère tourbillonnaient en elle. Une sensation sombre et désagréable, mêlée à un plaisir impie. Stephanie regarda une fois de plus les yeux marron emplis de vice et de désir. Des yeux qui passèrent de la haine à la douleur avant de s'éteindre, et du sang qui recouvrait ses mains.

Elle s'éloigna avec horreur du corps, et se recroquevilla sur elle-même. Son cœur battait avec force et...

— Stephanie, réveille-toi.

Le ton était doux et exigeant, et elle ouvrit les yeux, le corps toujours saisi de tremblements.

Blue était contre elle, ses bras forts enroulés autour de ses épaules et son visage à seulement quelques centimètres.

— Blue ?

— Tout va bien, lui assura-t-il en repoussant ses cheveux derrière son oreille. Tu vas bien.

— Je sais, dit-elle en se remémorant son rêve. Je me souvenais... d'un cauchemar.

Il frotta son nez contre le sien.

— Tu tremblais et puis tu as crié « jamais », et tu t'es mise à pleurer, dit-il en la serrant contre lui et en lui caressant le dos comme s'il avait besoin de la toucher.

Stephanie était partagée entre l'envie accepter son réconfort et le sentiment d'horreur qu'il ait vu et entendu cela. Moins elle en dirait, mieux cela vaudrait. Peut-être qu'il oublierait et ne poserait plus de questions.

— Merci de m'avoir réveillée, dit-elle en lui tapotant amicalement l'épaule avant de réaliser qu'il était nu comme un ver.

— Euh. Tu es à poil.

Il haussa les épaules.

— Tu avais peur, et mon loup ne pouvait pas faire grand-chose à part te lécher. Je pensais que ça ne suffirait pas, alors je me suis métamorphosé.

Quelle excellente façon de se distraire des mauvais souvenirs et des endroits que son esprit ne voulait pas visiter.

— La nudité te va bien.

— Je suis content que tu le penses, dit-il enorgueilli.

Elle avait besoin de le toucher, de passer ses doigts sur

ses muscles et savourer le contraste entre la douceur soyeuse de sa peau et ses biceps durs comme de la pierre. Elle caressa son torse, puis passa les doigts sur ses mamelons.

— Steph ?

— Hmm ?

En matière de distraction, un Blue nu était tout en haut de sa liste.

Il posa une main sur la sienne pour l'empêcher de continuer.

— Tu devrais te rendormir.

— Je ne veux pas dormir.

— Merde, dit-il en poussant un profond soupir.

L'amusement qu'elle en ressentit termina de chasser ce qui restait de ce souvenir glacial.

— Si tu es fatigué, tu n'as qu'à t'allonger et imaginer que tu es sur une plage, dit-elle en posant une main sur son épaule.

Elle n'était en aucun cas assez forte pour le pousser, donc ce fut de sa propre volonté qu'il se rallongea. C'était là un merveilleux terrain de jeu à explorer pour elle.

Elle passa une main sur son flanc, les doigts parcourant ses muscles qui allaient vers son bas ventre. Son érection s'érigea au milieu d'une jolie touffe de boucles blondes, dure et belle.

Blue croisa son regard lorsqu'elle leva les yeux pour examiner son visage.

Quand elle enroula ses doigts autour de lui, il garda une expression sérieuse. Bien trop sérieuse pour un homme dont le sexe reposait dans la main d'une femme.

— Tu es d'accord ? demanda-t-elle.

— Toujours. Quand tu veux. Je suis à toi, tu peux me toucher et prendre tout ce dont tu as besoin.

Stephanie remonta lentement la main, savourant la sensation de chaleur et de force.

— Je croyais qu'on avait déjà dit que tu ne devais pas dire oui à tout ce que je demande.

— Dans ce cas précis, je n'ai pas besoin de connaitre les détails, lui assura Blue avant de fermer les yeux quand elle serra la main.

Profitant du liquide qui s'échappait déjà de son sexe, elle fit glisser sa paume de haut en bas, et enveloppa Blue dans une couverture érotique.

Elle avait tant à connaître et à vivre, se dit-elle tandis qu'elle le caressait pour la première fois. Il y avait ce lien intime et sexuel, certes, mais le simple fait de donner du plaisir à cet homme qui avait été son ami durant ces derniers mois était indescriptible.

Elle aurait pu se justifier en disant qu'elle avait remarqué que les loups étaient des créatures très tactiles et qu'il n'y avait rien de mal à ce que deux adultes s'apprécient physiquement.

Mais au plus profond d'elle, elle connaissait la vérité. Elle n'avait pas besoin de se justifier : il était question de Blue et d'elle, et du fait qu'être ensemble semblait naturel.

Elle était contente qu'il n'essaye pas de prendre la situation en main et qu'il ne cherche pas à lui rendre la pareille, car en ce moment, elle voulait simplement donner. Et alors qu'elle caressait son sexe et cherchait un rythme qui le ferait gémir de bonheur, Stephanie sentit le lien entre eux se renforcer.

Elle se pencha et pressa ses lèvres contre les siennes, acceptant son baiser avide. Leurs langues s'emmêlèrent tandis qu'elle continuait ses caresses. Comme si elle était dans un rêve, quelque part aux limites de l'imaginaire, Stephanie embrassa l'homme qui était censé être son compagnon. Elle effleura son gland de sa paume, puis augmenta la vitesse jusqu'à ce qu'il jure et se presse contre elle.

Il passa une main dans les cheveux de Steph et lui recula suffisamment la tête pour pouvoir plonger dans son regard. Puis son sexe tressauta dans sa main, et sa semence jaillit entre eux. Il gémit son nom avec une expression de plaisir, et s'effondra sur le matelas, les bras écartés, et le sexe à demi érigé, comme une tour penchée au-dessus de son entrejambe.

— Waouh. Je ne l'avais pas vu venir.

— Moi non plus, puisqu'on s'embrassait, le taquina Stephanie.

Il tourna la tête vers elle et lui adressa un clin d'œil.

— Merci. J'ai beaucoup aimé.

— Moi aussi, avoua-t-elle avant de bâiller. Oups. Excuse-moi.

Mais il hocha la tête et se rassit.

— Accorde-moi une minute pour faire une petite toilette, et on essayera ensuite de se rendormir.

— L'orage, remarqua soudain Stephanie. Je ne l'entends plus.

— Tant mieux. Ça sera peut-être encore difficile de quitter les lieux demain, mais on aura peut-être une chance.

Il l'embrassa brièvement avant de se lever et de sortir de la pièce d'un pas nonchalant, l'air satisfait.

Stephanie l'imita et se lava les mains dans l'évier de la cuisine. Elle retourna ensuite au matelas et réorganisa un peu les choses en plaçant un oreiller supplémentaire près du sien.

À son retour, elle tapota la place à côté d'elle.

— Pas besoin de te métamorphoser. Comme tu l'as dit, essayons de dormir un peu.

Après cet agréable prélude, il était bon de l'avoir auprès d'elle pour l'aider à s'endormir. Blue s'allongea et la serra contre lui en l'enveloppant de son corps. Pas de façon possessive ou protectrice, mais en étant simplement là.

C'était parfait.

Elle était incroyable. Blue avait toujours vu Stephanie comme une optimiste en qui il pouvait avoir confiance, et il avait à présent une preuve de plus de son cœur en or.

C'était de façon totalement désintéressée qu'elle avait pris l'initiative de lui donner du plaisir la nuit dernière. Elle n'avait rien voulu en retour.

C'était pourtant ce qu'il allait faire à la première occasion : la faire hurler de plaisir une douzaine de fois suffirait peut-être à égaliser le score. En la regardant le lendemain, un sentiment de satisfaction lui réchauffa le cœur.

Elle l'avait touché, lui avait fait confiance, et en ce moment, elle dormait avec innocence, sachant qu'il serait là pour elle.

En tout cas, il espérait que c'était ce qu'elle pensait.

C'était le meilleur début qu'il aurait pu espérer. Pourtant ça n'était pas plus que cela pour le moment : un début.

Blue resta allongé quelques minutes de plus, savourant le fait de tenir sa compagne dans ses bras. Puis il se leva avant qu'elle se réveille. Il jeta un œil à l'extérieur, inspectant la route pour voir l'ampleur des dégâts. Tout était trempé, mais il y avait suffisamment de vent pour tout sécher rapidement.

Il prit donc sa décision et chargea les tableaux dans la Jeep, résolu à partir avant d'être bloqués par un autre orage.

À la réflexion, un jour dans le futur, il aimerait bien être coincé quelque part avec sa compagne durant une période prolongée.

Il venait tout juste de finir de charger la Jeep quand Stephanie entra dans la cuisine, toute chaude et encore ensommeillée. Son T-shirt lui arrivait à mi-cuisse et ses cheveux étaient en bataille. Elle y avait manifestement passé les doigts.

— Bonjour, Blue. Ça va ?

Mon Dieu, elle était adorable.

— Je pense qu'on va pouvoir redescendre. Mais rien ne presse, s'empressa-t-il d'ajouter en la voyant s'affoler. Mieux vaut attendre une heure de plus pour laisser le soleil sécher la route et le vent faire son travail. Si tu veux prendre une douche, vas-y.

Elle hocha la tête avant de se figer en lui lançant un regard appuyé.

— Est-ce que tu vas prendre une douche aussi ?

Dieu du ciel. La tentation lui était offerte sur un plateau d'argent. Blue déglutit avec effort mais s'en tint à sa décision. Il réussit à secouer la tête au lieu de la hocher vigoureusement.

— Vas-y seule cette fois.

Un éclair de déception, mais également de soulagement se lut sur son visage, et Blue comprit qu'il avait fait le bon choix.

Elle leva le menton et lui offrit un doux sourire.

— Une autre fois ?

Blue s'approcha et la prit dans ses bras.

— Absolument. Et on restera sous la douche jusqu'à ce

qu'on soit tout fripés et qu'on ne tienne plus debout tant on se sera caressés.

Elle déglutit puis hocha rapidement la tête.

— Ça me plairait beaucoup.

Elle l'embrassa sur la mâchoire, puis quitta ses bras et s'éloigna en agitant la main pour dire au revoir, avant de disparaître dans la salle de bain.

Blue sortit de la maison et inspira profondément en pensant à des équations de consommation d'essence pour essayer de faire disparaître son érection.

Conduire sur la route de montagne exigea toute sa concentration. Stephanie avait les jointures blanches au début à force de s'accrocher à son siège, puis elle sembla se détendre. Elle passait encore son temps à rebondir, mais le degré de confiance qu'elle semblait accorder à sa conduite le flattait et lui donnait envie de se rengorger. Ils gardèrent le silence durant le trajet, échangeant quelques regards et sourires de temps en temps.

Une fois sur la route principale, Blue lui serra doucement la main, juste parce qu'il avait besoin de la toucher.

Il se gara le plus près possible de l'entrée de Timberwolf Lodge, coupa le moteur et se tourna vers elle.

— Tu es prête pour ça ?

Elle esquissa un sourire bravache, mais pourtant hésitant.

— Je suis toujours prête, dit-elle avant de pousser un énorme soupir.

— Stephanie. C'est moi. Ton ami. Ne me mens pas.

— D'accord, je suis un peu nerveuse, admit-elle. Les filles vont être ravies d'apprendre que nous sommes des compagnons à l'essai, parce qu'elles sont persuadées qu'il n'y a pas mieux que les loups. Et je ne dis pas que tu ne l'es

pas, mais nous essayons d'y aller doucement, tu te souviens
?

— Je me souviens.

— Alors, comment pourrions-nous prendre notre temps, quand Tweedledee, Tweedledum et leurs compagnons voudront aussitôt déboucher le champagne ?

Blue haussa les épaules.

— On leur dira qu'on veut y aller lentement. Ce ne sont pas des enfoirés, répondit-il avant de prendre le temps de réfléchir. Bon, d'accord. Jace est un véritable enfoiré parfois, mais il nous écoute quand on lui demande quelque chose.

— Beurk. On va devoir parler en utilisant des mots et tout ça ?

— Je sais. C'est si primitif.

Cette fois, le sourire de Steph était sincère.

— J'ai compris. On va leur dire qu'on est des CALE, suggéra-t-il avec un clin d'œil. Couple A L'Essai.

Elle renifla avec dédain.

— Stacy va demander qui de nous deux a calé le premier.

— Del va se moquer en disant qu'il faut vérifier le moteur.

— Cassidy va essayer de trouver un acronyme graveleux à tout ça.

Ils étaient tellement concentrés à discuter, qu'un coup frappé à la vitre, côté Blue, la fit presque bondir de son siège.

Ils se retournèrent pour découvrir que Marvin l'élan avec ses énormes bois au-dessus de sa tête, avait appuyé son gros nez contre la vitre.

— Hé, recule, mec.

L'élan haussa les épaules puis se détourna paresseusement en disparaissant parmi les arbres.

— Je crois que c'est le signal pour passer à la suite, déclara Stephanie en lui prenant la main. Blue, juste pour que tu le saches, rien n'est gravé dans la pierre pour le moment, et rien n'est simple. Mais je peux au moins te dire que je t'apprécie et que je veux passer le plus de temps possible avec toi.

Ce n'était pas un « mords-moi, marque-moi, fais-moi tienne », mais ça fera l'affaire pour le moment.

10

─────────

Stephanie grimpa à l'arrière de la Jeep. Blue avait à peine détaché le chargement de tableaux quand la horde s'abattit sur eux.

Jace était en train de soulever le premier tableau que Stephanie lui tendait quand il se figea. Son regard oscilla entre Steph et Blue, puis son visage se fendit d'un énorme sourire.

— Blue ? Aurais-tu quelque chose à partager avec toute la classe ?

Tout le monde se figea.

Del renifla profondément et sourit également de toutes ses dents. Mais avant que Blue puisse dire quoi que ce soit, Steph prit les choses en main.

— Tous ceux avec des odorats magiques, arrêtez tout de suite. C'est très impoli d'exclure les autres de la conversation, dit-elle en levant le menton. Écoutez-moi tous, annonça-t-elle en tendant une main vers Blue.

Instinctivement, il la prit, entremêlant leurs doigts dans une position étrange, l'un à l'intérieur de la Jeep, l'autre à l'extérieur.

Alors que les sourires commencèrent à se faire plus nombreux, Stephanie redressa majestueusement la tête.

— Blue et moi sortons ensemble. Nous ne sommes pas encore des compagnons, mais des compagnons à l'essai. Alors pendant que nous réfléchissons à la façon de faire fonctionner cette relation, gardez vos reniflements pour vous et mettons-nous au travail.

Cassidy pressa ses poings sur ses hanches.

— Mais c'est tout simplement cruel. Voilà une nouvelle excitante, et on n'a même pas le droit d'être enthousiastes ?

— Je suis d'accord, dit Stacy, dont les yeux se mirent soudain à briller.

Elle pressa ses mains contre sa poitrine et offrit un adorable sourire de grande sœur à Stephanie.

— Alors, on CALE ?... Qui cale le premier ?

— Il va falloir jeter un œil au moteur ? renchérit Del avant de tendre la main à Blue. Je sais, je sais. Il n'y a rien d'officiel, mais je dois quand même vous féliciter.

Blue éclata de rire en regardant Steph.

— Deux sur trois jusque-là.

— Laisse-leur le temps.

Elle frappa alors dans ses mains et ajouta :

— Vous vous souvenez qu'on avait parlé de se mettre au travail ?

Cela suffit à les faire tous avancer dans des directions différentes. Mais une fois les toiles posées contre le mur de l'immense salle à manger, Blue fut trainé à l'extérieur par Jace et Del.

Jace poussa son cousin sur une des chaises autour du braséro, les deux mains sur ses épaules. Son Alpha arborait une étrange expression.

— Tu ne peux rien faire comme tout le monde, hein ?

— Apparemment non.

Maintenant qu'ils étaient entre eux, il pouvait parler librement.

— Oui, c'est dommage que Stephanie ne m'ait pas simplement accepté comme compagnon. Mais je suis ravi qu'elle n'ait pas carrément refusé. Donc vraiment, les choses se passent bien. Il y a quand même quelques problèmes, dont le peintre qui est sur ma liste noire.

Del fronça les sourcils et s'assit également.

— Tu avais pourtant dit qu'il n'était pas au chalet ?

Il lui fallut quelques minutes pour expliquer l'incident du tableau, et le fait que Stephanie était potentiellement espionnée, ainsi que la profonde aversion de son loup pour François.

À la fin, Jace hocha la tête.

— Je suis d'accord avec Stephanie. Si ça ne lui pose pas de problème d'accrocher les tableaux au lodge, nous les garderons. Mais nous aurons une conversation avec ce puma, pour lui dire de faire attention à ses manières.

Blue passa à l'autre sujet important.

— Stephanie a eu une excellente idée pour leur objectif de remporter Timberwolf Lodge. Est-ce que je peux contacter la famille Wilson ?

Ce fut au tour de Del de grimacer.

— Les filles sont loin d'être prêtes à remporter le défi.

— Mais nous rapprocher d'eux pourrait peut-être les aider, fit remarquer Blue.

Jace réfléchit un instant puis hocha la tête.

— Tu sais déjà à qui tu veux t'adresser. Est-ce que tu as quelque chose de précis en tête ?

— La journée des ados de jeudi, dit Blue en regardant Del. Le fait que Stacy soit la mère de la meute pourrait jouer en notre faveur. La plus jeune des Wilson sera présente.

— Carolyn Wilson. C'est une gentille fille.

— Effectivement... contrairement à d'autres membres de sa famille.

Comme Emma par exemple, qui avait été bannie.

Mais Blue n'eut pas le temps d'aborder ce sujet : il aperçut un éclat de lumière dans les arbres voisins. Une et deux fois, puis une fois.

Bon sang. C'était rapide. Il allait donc devoir régler un autre problème dans l'immédiat.

— Écoutez-moi. Nous allons recevoir la visite d'un de mes collègues de l'armée, les informa Blue.

Les deux hommes échangèrent un regard.

— Tu veux dire qu'on va rencontrer quelqu'un des mythiques Forces spéciales des Métamorphes ? demanda Del avec flegme.

— Soyez gentils avec lui, sinon il vous tuera, répondit Blue d'un ton impassible.

Il ne parlait pas souvent de son passage dans l'armée. C'était encore une de ces choses dans laquelle son Omega l'avait entraîné. Il avait accepté de se laisser porter, car parfois cela ne valait pas la peine de discuter avec la bête.

Ce qui s'était passé pendant cette période n'avait pas toujours été très joli, mais Blue s'était fait de bons amis.

— Quand ça ? demanda Jace. La semaine prochaine ?

— Dans trente secondes, si ça te va.

Son ami le fixa.

— Tu n'es pas vraiment en train de demander la permission, n'est-ce pas ? demanda-t-il d'un ton désabusé.

Blue jeta un coup d'œil vers le ciel comme s'il réfléchissait.

— Non.

— La situation est à peu près normale, alors, déclara Del en se tournant vers les arbres et en regardant attentivement

Lance Colburn qui s'avançait vers eux à travers la pelouse verte de Timberwolf Lodge.

Ses cheveux étaient toujours coupés court à la façon militaire, mais il était plus mince et en excellente forme. L'homme avait toujours été une arme meurtrière, mais depuis ces quelques années où Blue ne l'avait pas revu, il était devenu encore plus austère.

Blue s'approcha et lui tendit la main.

— Lance, mon ami. Merci d'être venu.

Lance lui saisit la main et le tira contre lui avant de lui défoncer quelques côtes avec des claques enthousiastes dans le dos.

— Mon frère m'a demandé de l'aide, alors je suis là. Tu sais comment ça marche.

— J'espérais que ça ne serait pas uniquement par obligation, répondit Blue avec un clin d'œil.

Une autre tape ferme, cette fois sur l'épaule, le fit presque tomber à la renverse. Les deux hommes échangèrent un regard et éclatèrent de rire.

— Comporte-toi bien, ordonna Blue avec une irritation feinte. Comment veux-tu que je te présente à mon Alpha si tu fais l'idiot ?

Lance s'était déjà tourné vers Jace. Les yeux noirs et sombres de ce dernier croisèrent ceux bleus du nouveau venu. Les deux hommes s'évaluèrent. Une ondulation de puissance se ressentit à la surface de l'air, ce qui était habituel lorsque des loups puissants se rencontraient, mais ce n'était pas le moment. Pas si Blue avait eu une bonne idée en invitant Lance à Timberwolf Lodge.

Il s'avança donc avec nonchalance et écarta Lance pour se mettre entre eux deux.

— Vous pourriez peut-être éviter de jouer à qui a la plus grosse, et mettre de côté vos histoires de domination pour le moment ? Jace, voici mon camarade, Lance Colburn. Lance, Jace Carter, mon cousin et le nouvel Alpha de la meute Jasper.

Lance relâcha ses épaules et tendit la main comme s'il n'était rien de plus qu'un humain.

— Ravi de faire votre connaissance. Permission de venir sur vos terres, monsieur ?

— Permission accordée, répondit formellement Jace avant de se tourner vers Del. Voici notre meneur. Il est également Carter du côté de sa mère.

Del serra également la main de Lance, puis recula et croisa les bras sur son torse.

— Delaney. Mais tu peux m'appeler Del.

Lance les regarda tous les trois.

— Bordel, Blue. Je suis à une de réunion de famille Carter.

— Attends un peu. Il y en a encore plein d'autres comme nous qui se cachent dans les arbres.

Lance se tint avec une nonchalance feinte, les mains derrière le dos, mais il était clair qu'il pourrait trancher la gorge de n'importe quoi à tout moment.

— Heureux de t'annoncer qu'il n'y a personne dans ces arbres. Pas pour le moment. Mais si tu veux des détails sur l'autre sujet dont on a discuté, c'est quand tu veux.

Blue les ramena au braséro, et se dirigea tout droit vers une fausse porte en pierre qui dissimulait un frigo à bière caché par Steph et lui, quelques semaines auparavant.

— Fais comme chez toi, parce que c'est avec ce groupe que tu devras partager tes informations.

Il passa une bière à chacun, et ne put s'empêcher de sourire devant l'expression choquée de Del.

— Quoi ? Tu n'as jamais reniflé ma réserve ?

— Tu es vraiment un sacré con, dit Del.

— Tsss, fit Blue. Souviens-toi de tous ces jeunes ados qui vont trainer par ici dans quelques jours. Ta compagne ne serait pas contente de t'entendre parler de cette façon.

Del lui lança un regard noir.

— Oh, et que dirait ta compagne à l'essai en apprenant que tu planques de l'alcool ici et là, à la portée de tous ? Y compris de ces jeunes ados impressionnables ?

Blue décapsula sa bière et attrapa la capsule en plein vol, avant de la ranger soigneusement dans sa poche.

— Ma compagne à l'essai est la coconspiratrice qui m'a aidé à cacher la glacière ici. Et puis, il y a un mot de passe. Alors sois gentil avec moi, ou je ne te dirai pas comment avoir des rafraîchissements.

Jace leva les yeux au ciel.

— Ça fait partie de tes caractéristiques d'Omega ?

— Le fait que j'aie vraiment bon goût en matière d'alcool ?

— Le fait que tu ne puisses rien faire sans taper sur les nerfs d'au moins une personne.

— Ah, ça je pense que ça vient juste de moi. Rien à voir avec mon côté Omega, rétorqua Blue avant de se tourner vers son ami. Tu dois te dire que tu es tombé dans un numéro de vaudeville.

— Vous êtes tous les trois très amusants, commenta Lance en sirotant sa bière. Une compagne à l'essai ?

— C'est une longue histoire, dit Blue en agitant la main. Je t'expliquerai plus tard. Qu'as-tu découvert à propos de Dwight, notre humain disparu qui est peut-être un maître chanteur... ou pire ?

La tension monta dans le groupe, toute trace de nonchalance et de disparue.

— D'après Toronto, il a disparu sans laisser de trace, expliqua doucement Del.

Lance haussa les épaules.

— Pour le pisteur moyen, peut-être. Je ne suis pas moyen. Il y avait plein de signes. L'homme n'a même pas essayé d'être discret. Il vient par ici.

Il regarda alors Jace avant de poursuivre :

— C'est Blue qui a fait appel à moi, mais comme vous êtes l'Alpha, j'ai besoin de connaitre vos ordres. Voulez-vous que je le suive ? Est-ce qu'il représente une menace directe ?

— Nous l'ignorons, dit Jace avec honnêteté. Est-il vraiment à Jasper ?

Lance hocha la tête.

— Il a réservé un Airbnb, donc nous saurons où il est dès son arrivée.

— Jace, dit Del. Tu as parfaitement le droit, en tant qu'Alpha, d'avoir une discussion avec tout loup qui pénètre ton territoire.

— Ce n'est pas un loup, lui rappela Blue.

— Eh bien, comme nous sommes les plus grands méchants de la région, nous pouvons toujours avoir une conversation avec l'homme, qu'il soit loup ou pas, répondit Del avant de regarder Lance avec curiosité. Bon travail de pistage.

Lance inclina légèrement le menton.

— C'est mon boulot.

— En attendant, nous allons te confier une tâche légèrement différente, dit Jace. On devra expliquer qu'un nouveau dominant et vieil ami de Blue séjourne dans la région. Tu as mon autorisation officielle de rester sur le territoire. On te logera dans l'un des cottages d'ici. Je te demanderai de patrouiller autour du lodge, non seulement pour garder un œil sur Dwight, mais aussi sur un certain puma qui doit apprendre à bien se tenir s'il ne veut pas devenir un très joli tapis pour mon salon.

Lance parut intéressé.

— Oh, voilà une histoire que j'aimerais bien entendre.

C'était agréable d'être réuni avec ses amis, mais ce qui plaisait le plus à Blue, c'était de savoir que Stephanie était en ce moment torturée par sa sœur et son amie. Et le résultat ne pouvait être qu'en faveur de Blue.

Il avait toute une équipe à ses côtés, et c'était un sentiment incroyable.

À l'instant où les hommes sortirent, Cassidy claqua des doigts et indiqua l'étage.

— À la Batcave, ordonna-t-elle avant de monter les marches en tournant le dos à Stephanie.

Celle-ci n'eut d'autres choix que de la suivre, mais elle ne se priva pas de s'en plaindre à voix basse auprès de sa sœur :

— Les tableaux ne vont pas s'accrocher tout seuls !

— Arrête, aboya Stacy d'un ton agacé.

Steph jeta un rapide regard à sa sœur par-dessus son épaule.

— Qu'est-ce qui te prend ?

Stacy imita Cassidy et pointa l'avant tel un chien de chasse.

— Bouge ton cul.

Deux minutes plus tard, elles étaient installées dans leur club-house non officiel, c'est-à-dire le merveilleux balcon de Stacy, chacune sur leurs sièges qu'elles avaient personnalisés avec des coussins et des oreillers.

Un interrogatoire était en vue.

Elle aurait aimé pouvoir s'en passer. Il y avait déjà trop de questions sans réponses, mais ce n'était pas cela qui la tracassait.

Blue et elle...

Rien que d'y penser, elle sentit la chaleur monter en elle. Elle aurait aimé pouvoir conserver cette sensation toute nouvelle un peu plus longtemps, au lieu de l'analyser et la décortiquer. Elle avait trop peur de la ternir.

Le problème était maintenant de faire comprendre cela à ses deux meilleures amies. Bien que n'étant pas la plus douée pour les mots, elle savait en général faire passer l'essentiel.

Elle accepta le mug de thé que lui tendait sa sœur, et réchauffa ses doigts avec bonheur en réfléchissant à la manière d'aborder le sujet. Elle était sûre qu'une des deux n'allait pas tarder à prendre la parole, mais oh miracle, sa sœur et sa meilleure amie se contentèrent de contempler le paysage en silence.

La chose était inhabituelle et ne lui laissait plus le choix. Sa langue se mit en marche avant qu'elle puisse l'empêcher.

— C'est une nouvelle méthode ? se plaignit Stephanie. Vous vous êtes dit qu'au lieu de me bombarder de questions, vous alliez rester assises sans rien dire jusqu'à ce que je craque et que j'avoue tout ce qui me passe par la tête ?

Cassidy rit doucement.

— Et ça marche ?

— Non, répondit Stephanie d'un ton guindé. Je n'ai aucune envie de vous dire que je suis choquée, sidérée et quelque part emplie d'humilité que Blue pense que nous sommes compagnons. Vie de merde.

Stacy rit en posant une main sur le bras de Steph.

— J'adore ton côté calme et détendu. Jamais un mot plus haut que l'autre.

— Et si distinguée. N'oublie pas, murmura Cassidy avec amusement.

L'inquiétude qui avait envahi la jeune femme s'estompa. Elles étaient sa famille. Sa famille pour la vie, et elles comprendraient.

— Je suis excitée, mais j'ai peur. Et je ne mens pas en disant que je ne sais pas vraiment ce que je veux. Mais je sais à quel point c'est spécial d'avoir un compagnon, et à quel point Blue est spécial, alors je ne vais rien faire qui puisse le blesser, ou me blesser, ou nous blesser. J'ai juste besoin de temps.

Le regard de Cassidy se détourna du paysage pour se poser sur elle, avec quelque chose de nouveau dans ses profondeurs. Quelque chose d'inattendu car – bien que n'étant pas louve elle-même – elle avait des tendances de louve.

— Je crois que je sais ce que tu veux dire. Tu es spéciale, Steph, et nous t'aimons beaucoup. Étant donné ta façon de voir les gens et la profondeur des relations que tu noues avec eux, je comprends que tu aies besoin de temps.

Elle fronça alors le nez avant de poursuivre :

— Le plus dur, c'est que tu ne veux blesser personne. Mais si tu refuses Blue en tant que compagnon, il sera dévasté, et rien ne pourra changer ça.

Elle le savait parfaitement, mais ne pouvait en dire davantage. Elle ne pouvait expliquer la principale raison qui l'empêchait d'aller plus loin avec Blue.

— Je ne serais pas contre qu'il fasse partie de ma vie pour toujours, dit-elle néanmoins.

— Mais dans ta vie pour toujours, en tant qu'ami ou compagnon ? demanda Stacy. Parce que, chérie, je suis sortie avec Del pendant une courte période, et je peux te dire que ce n'est pas du tout la même chose. Il y a une profondeur dans le fait d'être compagnon qui dépasse l'entendement humain. Le lien entre nous est incroyable.

Ce commentaire crispa Steph et renforça sa détermination. Il n'y aurait aucun lien de ce genre entre elle et Blue.

Mais elle sourit et fit de son mieux pour se montrer sous son meilleur jour.

— Pour l'instant, ne nous préoccupons pas de tout ça. J'ai autre chose à vous dire, du bon et du mauvais.

Il lui semblait opportun de changer de sujet, et de ne plus parler de Blue et d'elle. Elle évoqua brièvement son admirateur indésirable en la personne de leur artiste, puis son idée de commencer à se lier avec la meute Wilson.

Stacy sourit avec approbation à l'idée de se servir de la visite de Carolyn, jeudi, pour se rapprocher des Wilson.

— Les ados sont vraiment gentils, dit-elle en donnant un petit coup au pied de Cassidy quand celle-ci renifla avec dédain. Allons, je t'en prie. Tu sais comment c'était quand on était emplies d'hormones humaines. Si on rajoute à ça le fait que ce sont des métamorphes, je trouve que notre meute s'en sort extraordinairement bien.

Cassidy regarda Stacy par-dessus sa tasse de thé.

— Jordan Freshet a uriné sur la jambe de Gaia. Au milieu de la rue. Ce n'est pas un comportement typique d'adolescent.

— D'un loup adolescent. Ce n'est pas accepté, mais c'est compréhensible, la corrigea Stacy. Le marquage de territoire est une impulsion importante chez les mâles.

Cassidy croisa les bras sur sa poitrine.

— Si Jace essayait un jour de faire pipi sur moi, il resterait accroupi jusqu'à la fin de ses jours.

Stephanie repensa aux entailles sur le tableau et décida

de se taire. Cela ne l'avait pas dérangée. Les griffes, un peu, oui, mais pas le marquage du territoire.

Soudain, la cour s'anima. Les hommes s'étaient rassemblés près du braséro – leur équivalent du balcon, et à présent une silhouette se détachait des arbres et se dirigeait vers eux.

Stephanie, Stacy et Cassidy regardèrent avec intérêt les hommes se taper dans le dos.

— Une idée de ce qui se passe ?

Cassidy réfléchit un instant, discutant visiblement avec Jace grâce au lien étrange qui les unissait.

— Un ami de Blue, un militaire. Il vient en paix, et je pense qu'il va être d'une grande aide. Jace est heureux.

Cela suffit à Steph. Il était à présent temps de passer à autre chose. Elle tapa des mains et se leva.

— Allez, les filles. On a douze tableaux absolument incroyables et on doit trouver les meilleurs endroits pour les accrocher. On peut se mettre au travail ?

Ces dernières échangèrent un regard puis avancèrent les mains pour toucher le poing de Steph.

— Bibidy, dit Cassidy.

— Babidy, répondit joyeusement Stephanie, heureuse que ses amies soient toujours là pour elle.

Pourtant cette trop grande complicité pouvait être problématique.

Stacy la regarda comme si elle avait entendu sa réflexion intérieure. Puis elle secoua la tête et termina le rituel.

— Boo, dit-elle avant de lever un doigt pour l'agiter devant le visage de Steph. Tu vas officiellement sortir avec cet homme, et tu vas le traiter gentiment. Et je ne parle pas de sexe.

— Évidemment qu'elle parle de sexe, dit Cassidy sèchement.

— Arrêtez de me donner des conseils, lança Stephanie. Je suis une grande fille. Je peux prendre soin de mon homme.

Son homme. Ça sonnait vraiment bien.

Et soudain Cassidy proposa la conclusion parfaite.

— Des CALE, dit-elle en souriant. Comme Cul A L'Éternité, sans réserve et sans retenue.

Stacy leva les yeux au ciel.

— On dit pour l'éternité.

Stephanie n'en écouta pas plus. Elle s'agrippa à la rambarde et siffla avec force. Quatre paires d'yeux se tournèrent dans leur direction. Elle fit un grand signe de la main à Blue et lui cria :

— Trois sur trois. On a gagné.

Lorsque Blue leva un bras et lui fit un signe du pouce, cette lueur chaleureuse à l'intérieur d'elle s'illumina encore plus.

Cela allait être une grande nouvelle aventure.

11

___

La préparation de la journée pour les jeunes occupa grandement Blue. Il aurait aimé pouvoir à la place se détendre avec sa compagne, flirter à se rendre fous de désir, et se raconter leurs vies blottis l'un contre l'autre.

Au lieu de cela, il eut droit à une liste de tâches aussi longue que son bras, et à tout un tas de personnes lui donnant des ordres.

Ce n'était pas le genre de choses que Blue appréciait en général, réalisa-t-il, car d'habitude il ignorait les ordres. C'était un Omega après tout.

Mais quand Stephanie prit le SUV du lodge pour se rendre à Costco avec une énorme liste de courses (le trajet à lui seul prenait plus de deux heures), il accepta docilement la checklist que Cassidy lui remit.

— Épargne-moi cette lueur diabolique dans ton regard, lui dit-il d'un ton guindé. Je sais ce que tu fais.

Elle haussa un sourcil, et soudain, il eut l'impression de se retrouver face à Jace, lorsqu'il se comportait comme un Alpha autoritaire et puissant.

— Tu sais que ce n'est pas en me donnant des ordres avec ta voix magique d'Alpha que ça va marcher, fit-il remarquer.

— Pauvre petit. Ce n'est pas ma voix d'Alpha que je vais utiliser. C'est celle qui dit que je suis la meilleure amie de ta future compagne et que si tu veux que cette relation fonctionne, tu ferais mieux d'être gentil avec moi.

Elle lui tapota alors la joue avant d'ajouter :

— Maintenant, sois un bon garçon et demande à Lance de t'aider. Selon Stacy – la véritable boss de cet événement – il va falloir prévoir pas mal d'activités physiques pour canaliser l'énergie de ces adolescents.

Blue lui lança un salut insolent.

— Oui, m'dame, dit-il en se dirigeant vers la cour en sifflotant.

Lance et Del installaient une tente pop-up sous laquelle mettre la table des rafraîchissements.

— Viens avec moi, mec, cria Blue à son ami. On va organiser une chasse au trésor.

Lance haussa un sourcil.

— Pourquoi ne pas les emmener chasser ?

Del ne put s'empêcher de rire. Il essaya de se ressaisir, mais sans grand succès.

— Ce sera pour une autre fois. Ma compagne, bien que consciente que nous sommes des prédateurs, s'inquiète de la population des lapins.

— Tu plaisantes, demanda Lance avec un reniflement moqueur.

Del secoua la tête et jeta un coup d'œil vers la maison pour s'assurer qu'il n'y avait pas d'humains à proximité.

— J'ai suggéré que son potager se porterait mieux sans ces parasites sauteurs, mais elle a de jolies images de lapins en tant qu'animaux de compagnie, expliqua-t-il avant de hausser les épaules. C'est tellement adorable que je ne peux pas me résoudre à détruire ses illusions.

Cinq minutes plus tard, Blue et Lance se promenaient dans la forêt et cachaient de petits sacs de bonbons et de bœuf séché.

— Je dois dire que c'est vraiment bizarre que vous ayez tous des compagnes humaines.

— Les compagnes ne sont pas bizarres, déclara Blue avant de prendre un instant pour réfléchir à la question. Il y a un petit fossé culturel sur lequel nous travaillons encore. Mais ce n'est pas non plus comme si on avait choisi quelque chose de hors norme.

Lance prit son élan et grimpa à mi-hauteur d'un tronc d'arbre avant de se propulser dans les airs. Il saisit une branche et resta suspendu à une bonne vingtaine de mètres du sol. Alors qu'il attachait un sac d'une seule main à une hauteur bien au-dessus de la portée des adolescents, il déclara :

— Je ne sais pas si je trouverai un jour ma compagne, étant donné qu'il n'y a aucune garantie. Mais je veux une compagne avec des dents.

Il se laissa tomber au sol et s'essuya les mains en levant les yeux et hochant la tête avec satisfaction.

— Les dents sont toujours un bon choix, le taquina Blue.

Lance lui fit un doigt d'honneur avant de s'expliquer :

— Tu sais, une jolie fille musclée bien résistante. Quelqu'un qui peut se battre contre tous et défoncer tout le monde.

Blue croisa les bras sur son torse.

— A : tu rêves. Ce n'est pas le genre de femme que tu veux ou dont tu as besoin. Et B : tu n'as pas le choix. Il s'agit de compagnons. Destin veut dire qu'il n'y a pas de choix.

Lance haussa un sourcil.

— Peut-être que je suis un loup plus intelligent que toi. En tout cas, pas de petite humaine fragile pour moi. Pas de soumise non plus. Je veux une louve bien éduquée. Je serai le boss et elle m'adorera. Et c'est probablement pour ça que ça n'arrivera jamais.

— Tu veux une guerrière qui te laisse les commandes ? Tu ne rêves pas, tu hallucines.

Lance ricana.

— La dernière partie c'était pour rire. Qui voudrait d'une bénie-oui-oui pour compagne ? Je veux quelqu'un de solide.

Soudain, Blue fut saisi d'une vision. Il avait moins de prémonitions que d'habitude ces derniers mois, mais celle-ci était forte et éclatante : son ami arborait une expression stupéfaite en tendant la main pour toucher le visage d'une femme.

Cela dura une fraction de seconde, floue avant que les traits de la femme se précisent, mais ce fut suffisant pour faire sourire Blue.

— Désolé de te dire que tes chances de trouver une guerrière sont nulles, et que tu as certainement une compagne quelque part. Elle va te trouver, et quand elle le fera..., dit-il en tapant dans ses mains comme s'il écrasait un insecte. Tu ne sauras pas ce qui t'arrive.

Toute trace de plaisanterie disparut du visage de Lance.

— Est-ce que tu viens de...

— Oui.

Lance jura et fit une grimace.

— Eh bien, euh, alors ?

Blue lui donna une tape dans le dos.

— Fais-moi confiance. Écoute ce conseil de la part d'un

loup qui n'a pas ce qu'il pensait avoir : on y arrivera, et elles sont parfaites pour nous.

Lance poussa un long soupir de désespoir.

— Yeh. Woo. Woowhee, dit-il comme s'il prononçait un chant funèbre.

Après avoir organisé la chasse au trésor, il leur restait encore beaucoup à faire. Blue ignorait pourquoi le nettoyage du quai figurait sur la liste des tâches (comme si les adolescents se soucieraient de sa propreté), mais il savait qu'il valait mieux ne pas discuter avec les femmes du manoir.

Comme Steph n'était pas encore rentrée des courses, Blue passa la journée à la disposition de Cassidy. Il prit quelques pauses pour passer des coups de fil et relancer ses contacts, et apprit une nouvelle étonnante.

Une nouvelle qu'il ne put partager avant le matin de la journée pour adolescents.

Le rendez-vous était fixé à 10 heures. Cela aurait dû être un début de journée agréable et tranquille, sauf que ce fut la panique.

— Je déteste que Sophie ne soit pas là, se plaignit Stacy en s'activant avec frénésie aux côtés de Jessica.

Le petit déjeuner avait été servi en retard car elles étaient débordées par tous les plats à préparer en vue de nourrir tous ces adolescents.

— Où est-elle ? demanda Stephanie en préparant avec efficacité les sandwichs au jambon.

— Elle est allée rendre visite à une amie sur la côte. Elle n'a pas pris de vacances depuis que je l'ai embauchée, donc c'était normal de lui laisser du temps libre. C'est juste le moment qui ne m'arrange pas.

— Elle reviendra demain, lui assura Jessica. En

attendant, ça ne me dérange pas de rester plus longtemps pour aider.

Blue quitta la pièce, car l'odeur combinée de Steph et de la nourriture était une tentation bien trop forte.

Les adolescents arrivèrent en petits groupes, certains avant 10 heures, mais la plupart à l'heure prévue. Quelques-uns sortirent d'entre les arbres et laissèrent tomber de leurs mâchoires de petits sacs, puis se métamorphosèrent et s'habillèrent avec un sourire enthousiaste avant de venir saluer Jace et Cassidy.

Del et Blue attendaient près du parking afin d'accueillir ceux qui arrivaient sous forme humaine. Del discutait avec une fratrie avec qui il avait passé du temps le mois dernier, car il avait aidé l'un d'eux à reprendre le contrôle de son loup après une exposition à la drogue.

Blue se retrouva donc seul lorsqu'une voiture de luxe stationna près de lui.

Il s'attendait à un chauffeur, mais ce fut la grande dame en personne qui se leva de derrière le volant tandis que Carolyn sortait du côté passager, vibrante d'excitation. Elle bondit vers Blue, qui faisait de son mieux pour se montrer poli avec les deux.

— Bonjour, Blue, Stacy est là ? Tu as vu Veronica et Gaia ? demanda Carolyn avant de s'arrêter net, comme si elle se souvenait de quelque chose.

Elle se tourna alors pour présenter la femme âgée qui s'avançait vers eux.

— Je sais que tu la connais, mais je dois quand même le faire, non ?

— Ouep, fit Blue avec un clin d'œil.

La jeune fille redressa les épaules et tendit la main vers sa grand-mère qui la prit gracieusement en s'approchant.

— Ermeline Wilson, j'aimerais te présenter Blue Carter,

l'Omega de la meute Jasper. Blue, voici ma grand-mère, Ermeline Wilson, matriarche de la meute Wilson et ancienne Alpha, à la retraite. Vénérée pour son unification des clans des montagnes pendant la bataille de Jasper.

Elle se pencha alors vers sa grand-mère.

— Zut, j'étais censée faire ça dans l'autre sens, n'est-ce pas ? Te présenter d'abord ?

Ermeline hocha doucement la tête.

— Le protocole n'est pas une chose simple, et tu devras le maitriser à la perfection. Mais Blue et moi sommes de vieux amis, alors tout va bien.

Manifestement soulagée, Carolyn déclara :

— Et puis c'est un Omega. C'est quelqu'un de bien et il se fiche du protocole, n'est-ce pas, Blue ?

C'était une question compliquée. Étant donné que cette femme tenait l'avenir de Stephanie entre ses mains, avouer qu'il se fichait du protocole, comme il le faisait habituellement, n'était peut-être pas indiqué.

Il opta pour la diplomatie.

— Je m'efforce toujours de trouver une place au sein de la meute où je fais ce qui est le mieux pour tout le monde, mais je suis également un fervent défenseur de la hiérarchie, expliqua-t-il sans quitter Ermeline du regard. Madame, merci d'avoir amené votre petite-fille. Nous veillerons à ce qu'elle vous revienne heureuse et bien nourrie.

Ermeline haussa majestueusement un sourcil.

— Bien nourrie, je n'en doute pas. Mais être heureuse est son choix, n'est-ce pas ?

Les prises de bec avec les ex-Alphas étaient toujours une chose passionnante.

— Nous ferons de notre mieux pour ne pas la rendre malheureuse, alors. Est-ce que c'est mieux ?

— Tous des démons à la langue bien pendue, rétorqua Ermeline avec un reniflement de dédain.

— La meute de Jasper ou de Carter ? demanda Blue.

— Les Omegas, précisa Ermeline.

Elle attira sa petite-fille à ses côtés et l'embrassa sur la tempe.

— Va, ma chérie, et amuse-toi bien. Moi ou ton grand-père viendrons te récupérer ce soir. À condition que ça ne dérange pas qu'un autre membre de la famille vienne sur les terres de la meute de Jasper.

— Votre famille est toujours la bienvenue, dit aussitôt Blue.

Carolyn racla alors le sol avec sa chaussure.

— J'aimerais rentrer à la maison en courant. S'il te plaît ?

— Mon enfant, tu sais ce que ton père a dit.

— Mais tu es son Alpha, supplia Carolyn en s'agrippant à son bras. Si tu me dis que je peux rentrer à la maison...

— Carolyn Wilson, la réprimanda Ermeline. Ne joue pas à ça. Tu m'entends ?

La jeune fille baissa la tête, justement réprimandée d'avoir voulu désobéir à ses Alphas, qui dans ce cas précis, étaient ses parents.

Mais Blue se souvenait de cette époque où il voulait être plus indépendant et passer le plus de temps possible avec ses amis.

Il s'éclaircit la gorge.

— Peut-être qu'il existe une solution où Carolyn n'aurait pas à rompre une promesse faite à son père, dit-il en se tournant vers Ermeline. Est-ce qu'une escorte de l'Omega de la meute Jasper et de son ami militaire serait suffisante pour protéger votre petite-fille ?

Ermeline réfléchit puis hocha la tête. Elle se tourna vers

Carolyn, et glissa ses doigts sous son menton pour lui faire lever la tête.

— Tu ne devrais pas avoir ce privilège après avoir essayé de faire une bêtise, mais je sais ce que c'est que d'être jeune, même si je suis plus vieille que la terre.

Elle passa Blue en revue, avant de poursuivre :

— Tu écouteras Blue et son ami, et tu profiteras de l'occasion, non seulement pour courir, mais aussi pour expérimenter la nuit. Utilise tes sens. Écoute et apprends. Je veux un rapport complet la prochaine fois qu'on se verra. Compris ?

À voir Carolyn, on aurait pu croire qu'elle venait de recevoir un cadeau d'anniversaire emballé dans un papier cadeau de Noël, plutôt qu'un devoir scolaire.

— Merci, grand-mère. Je le ferai. Et je raconterai à papa tout ce que j'ai appris, et je serai vraiment sage, et je t'aime, s'écria-t-elle en jetant ses bras autour du cou de sa grand-mère et la serrant avec force.

Ermeline se laissa faire, puis se dégagea des bras de sa petite fille, et se redressa, à nouveau digne et distinguée.

— Ça suffit, j'ai des choses à faire. Monsieur Carter, je vous laisse ma petite-fille. Prenez bien soin d'elle.

— Bien sûr.

Elle se tourna alors vers Timberwolf Lodge et déclara :

— Il semble que vous ayez de nombreux défis à relever ces jours-ci. Je me demande si vous êtes prêts pour tout ça.

Sur ce, elle tourna les talons avant que Blue puisse lui demander des éclaircissements. Il regarda sa voiture disparaître avant de retourner à l'événement.

La réunion semblait avoir déjà bien démarré, mais Blue sentait que quelque chose de sinistre se profilait à l'horizon. Un sentiment de lourdeur et de danger. Quelque chose d'inhabituel s'était produit.

Il se dirigea vers les festivités avec un cœur plus lourd que prévu.

L'après-midi avait été empli de moments mémorables. Stephanie avait tellement ri quand des adolescents étaient accidentellement tombés du quai – heureusement il n'y avait eu aucun mal – qu'elle en avait encore mal au ventre. L'instant d'après, un concours de boulets de canon dans l'eau avait suivi.

Il y avait aussi eu les courses qui avaient débuté à partir d'un simple défi entre deux jeunes mâles. L'instant suivant, des loups, sous forme animale ou humaine, couraient comme des dingues autour des chaises de jardin stratégiquement disposées sur la pelouse.

Stacy se tenait à côté de son plus jeune fils, qui sautillait en regardant la scène.

— C'est comme un steeple-chase, mais avec des loups au lieu des chevaux, non ? dit-elle.

Ace tira sur la jambe de sa mère.

— Je peux courir avec eux ?

Stephanie prit son neveu dans ses bras.

— Toi et moi, on ira courir plus tard, d'accord, mon copain ? On va laisser les grands entre eux pour l'instant.

Quand le visage du petit se tordit de déception, elle ajouta d'un ton mystérieux :

— J'ai un secret à te dire.

Le petit se pencha vers elle, la main sur l'oreille.

— Dis-moi, tata Steph.

— J'ai acheté tous les ingrédients pour faire des s'mores et des banana boats, expliqua Steph à voix basse.

Le cri de joie d'Ace la rendit presque sourde. Il se tortilla pour descendre, et sautilla, les mains jointes.

— Je veux trois banana boats. Je peux en avoir trois ? Je peux ?

Stacy fit mine d'être inquiète avant de faire semblant de considérer sérieusement la demande de son fils.

— On commencera par un. Il faut qu'on en laisse pour les autres, n'est-ce pas ?

Il hocha la tête avec sérieux, puis jeta un coup d'œil autour de lui jusqu'à ce qu'il repère sa nounou. Le métamorphe élan était étendu dans une chaise longue auprès des adolescents, qui l'écoutaient raconter une histoire.

— Je peux dire le secret à Marvin ?

— C'est la personne la mieux placée pour ce secret. Il parait qu'il fait très bien les banana boats, dit Stacy avant de le faire pivoter et lui donner une tape dans le dos. Va le chercher, tigre.

Elle attendit que son fils soit suffisamment loin pour se tourner vers sa sœur, les mains sur les hanches.

— Des banana boats ? Ce gamin va sauter comme une pile électrique pendant toute une semaine.

— Je sais. Je suis la meilleure tata au monde, la nargua Stephanie en se baissant pour éviter la petite claque de sa sœur.

Mais Dieu merci, elle avait de quoi détourner son attention.

— Oups. Je vois des ennuis à l'approche.

Elle montra du doigt un loup rouge et très touffu qui s'approchait furtivement d'un groupe de jeunes filles en train de prendre un bain de soleil au bord du lac.

Stacy jura.

— Si ce garçon pisse encore une fois sur ma pelouse... et la pauvre Gaia. Elle devrait lui donner une bonne claque.

Stephanie saisit le set de table à côté d'elle et l'enroula pour former un tube.

— Ce n'est pas un journal, mais ça fera l'affaire sur son nez.

— Ou ailleurs. Merci.

Stacy saisit le rouleau des mains de Steph et s'élança en courant pour éviter un autre incident de marquage de territoire.

Impossible de réfréner son amusement. Stephanie devait l'admettre : elle aimait les loups. Elle aimait leurs différences et leurs bizarreries. Leur enthousiasme et leur loyauté.

Elle se sentit envahie d'un bourdonnement chaleureux qui ne la quitta pas de tout l'après-midi.

Mais le moment le plus agréable de la journée fut après le repas, quand tous les loups satisfaits s'étalèrent paresseusement autour du braséro pendant qu'un des Carter jouait de la guitare et que tout le monde chantait. Certains en loup, d'autres en humain. La plupart du temps en accord.

Stephanie se lova contre Blue. Une douce couverture les protégeait de la fraîcheur de la soirée, mais la simple température corporelle de Blue aurait suffi à chasser l'air frais de la nuit.

Blue entrelaça leurs doigts.

— Tu passes une bonne journée ?

— Je pense que ça s'est bien passé, déclara-t-elle.

Il caressa sa tempe de ses lèvres.

— Je suis d'accord, mais ce n'était pas ma question. Comment vas-tu, Stephanie ?

Une douce musique flottait autour d'eux, accompagnée

de temps d'un hurlement hésitant de loup. Un groupe d'adolescents gloussa depuis un coin, mais se tut lorsque Jace leur lança un regard sévère. Un sentiment de contentement monta collectivement. Stephanie aurait juré pouvoir le ressentir.

Elle se tourna vers Blue.

— Ma famille est heureuse alors je vais très bien.

La légère expression d'inquiétude qu'elle avait brièvement entraperçue sur le visage de Blue disparut aussitôt. Puis il la serra avec plus de force.

— Si tu vas bien, alors je vais bien.

Elle allait le reprendre pour lui dire qu'il ne pouvait pas conditionner son bonheur sur le sien, avant de réaliser qu'elle avait fait la même chose. Son bonheur était toujours lié à celui de sa famille.

Elle préféra donc ne rien dire. Ce moment était trop précieux et fragile pour être gâché par des pensées trop introspectives.

Stephanie se laissa donc aller contre lui et profita du moment.

12

Le retour chez Carolyn se déroula sans incident.

Devoir quitter Stephanie fut difficile, mais Blue ne put rester longtemps déçu devant l'enthousiasme de Carolyn qui imitait chacun de leurs mouvements, à Lance et à lui. Après l'avoir déposée et avoir accepté un rapide câlin d'adieu, Blue décida de se défouler un peu.

Lui et Lance étirèrent leurs pattes avant de commencer à courir.

Ils avaient déjà travaillé en équipe lors de diverses missions. C'était donc un retour en arrière vers une période plus organisée et plus légère de sa vie. C'était bon d'être mis au défi. Lance lui mordit la queue avant de lui échapper d'un bond en prenant appui sur une surface rocheuse qui s'effrita lorsque Blue le suivit.

La poursuite était lancée. Il courut avec détermination, rassemblant ses forces pour rattraper son ami, et utilisant un raccourci qu'il connaissait alors qu'ils gravissaient la dernière colline pour revenir sur leur territoire.

Blue avait apprécié ce moment et le fait d'avoir pu se

défouler sous sa forme de loup. Le sentiment d'incomplétude demeurait, mais il refusait de s'attarder sur le fait que Stephanie pourrait se contenter de ce statu quo. Cela ne faisait que quelques jours, rappela-t-il à son autre moi.

Elle est prête, insista son loup. *Et elle le sait.*

Cela ne servait pas à grand-chose de discuter avec la bête quand ce que Blue voulait par-dessus tout, c'était que cela se réalise.

Il contourna le chalet des activités et ralentit jusqu'à s'arrêter. Puis il se métamorphosa silencieusement et attendit que Lance le rejoigne.

— C'était une bonne course.

Lance prit une profonde inspiration.

— C'est un endroit fantastique que vous avez là. Je vais peut-être rester dans le coin.

Un autre de ces flashs prémonitoires frappa Blue, et il s'en trouva très amusé.

— Oh, je ne pense pas que ça posera problème. Ni pour Jace ni pour ta compagne.

Lance le fixa avec une pointe d'agacement.

— Arrête ça.

Blue sourit et lui tapota l'épaule avant d'incliner la tête vers son cottage.

— Je vais me coucher. Je ne saurais l'expliquer, mais j'ai le sentiment qu'il y a quelque chose dans l'air. Nous devons être prêts à tout.

Son ami hocha la tête puis disparut comme l'ombre qu'il savait être.

Blue resta debout un long moment, attendant que quelque chose se produise. Quelque chose qui réponde à la question qu'il avait dans le cœur.

Le lendemain matin, il se produisit quelque chose qui

prit complètement Blue au dépourvu. Il avait à peine fait quelques pas en direction du pavillon lorsque Lance l'appela. Blue attendit que son ami le rejoigne.

— Merci. Je ne suis toujours pas sûr d'être le bienvenu, expliqua Lance. J'ai remarqué un peu plus d'activité qu'hier matin, et je me suis dit que tu ferais mieux de me présenter avant que je fasse peur à quelqu'un.

— Pourquoi ? Tu penses être le grand méchant loup ou quelque chose comme ça ?

Lance sourit.

— Quelque chose comme ça.

La cuisine semblait en effervescence. Sophie était revenue de son congé, et discutait avec enthousiasme avec Stacy et les autres employés de cuisine. Parfait.

— Si tu veux être sûr d'être le bienvenu et d'être bien nourri, ce sont à ces personnes que je dois te présenter, dit-il en faisant signe à Lance d'avancer.

Ils avaient à peine fait quelques pas quand Lance se figea. Il pencha la tête sur le côté et inspira profondément.

Ses yeux s'écarquillèrent.

Blue s'immobilisa, envahi par un drôle de sentiment : de l'amusement, mais également de l'impatience.

Lance allait avoir la surprise de sa vie.

Dixie, la fillette dominante de cinq ans la plus adorable que Blue ait jamais vue, se libéra des bras de sa mère et courut à travers la pelouse avant de s'arrêter à quelques centimètres d'eux.

Elle étudia Lance d'un air perplexe.

— Qui es-tu ? demanda-t-elle.

Lance ouvrit et ferma la bouche plusieurs fois, mais rien n'en sortit. Le visage de Dixie s'épanouit d'un beau sourire enfantin.

— Je sais qui tu es, dit-elle avant de se retourner et crier : Mamaaaaaan. Tu viens, s'il te plaît ?

Sophie leva les yeux et sourit à cette douce demande. Son regard se posa alors sur Lance, et elle se redressa brusquement, comme si elle venait de mettre le doigt dans une prise électrique. Elle fit un pas en avant. Un pied, puis l'autre, puis une demi-douzaine d'autres pas, de plus en plus vite, pour finalement foncer vers eux.

Elle s'arrêta brusquement à un mètre, aussi immobile qu'une statue.

Comme Dixie tirait sur sa jambe, Lance la prit machinalement dans ses bras et la serra contre lui, le regard fixé sur Sophie.

— Remue-toi, dit Blue en posant une main dans le dos de Lance et le poussant en avant. Tu n'auras pas ton Amazone, mais je te garantis qu'elle sera parfaite pour toi.

Un gargouillement inarticulé s'éleva du plus profond de Lance tandis que Dixie posait sa tête sur son épaule et lui tapotait doucement la poitrine tout en chantant une chanson de petite fille sur les cœurs, les arcs-en-ciel et les loups à la fourrure brillante.

Lance s'arrêta à quelques centimètres de Sophie.

— Euh.

— Comment est-ce possible ? fit Sophie en battant des cils. Euh, oublie ça. Bonjour.

Blue s'attendait à un bonjour, ou un échange de noms, mais ce qui se passa fut bien plus agréable à regarder. Lance posa une main sur la nuque de Sophie, inclina sa tête et l'embrassa.

Ce fut un baiser passionné et impétueux. Comme si c'était sa seule mission sur terre.

Dixie gloussa en tapotant leurs têtes à tous les deux,

puis se tortilla pour descendre. Elle courut vers Blue avec un grand sourire.

— Ma maman a un compagnon.

— On dirait bien, acquiesça-t-il, en la soulevant et lui tapotant le nez. C'est un homme bien. Il fera un papa formidable pour toi.

Dixie sourit.

— Je vais avoir un petit frère. Deux petits frères.

C'était là une déclaration précise de la bouche d'un bambin. Blue la regarda attentivement, mais elle se tortilla à nouveau pour être reposée au sol, et se mit à sautiller autour de sa mère et de Lance en chantant joyeusement.

Les baisers et la chanson attirèrent l'attention, mais Sophie ne semblait pas s'en soucier. Au moment où ils rompirent le baiser pour reprendre leur souffle, les autres loups du lodge les avaient rejoints sur la pelouse.

Jace semblait bien trop content de lui.

— Bienvenue dans la meute. Je suppose que c'est officiel maintenant, dit-il à Lance.

Les doigts de Sophie étaient entrelacés à ceux de Lance. Il semblait toujours un peu ébahi, mais il inclina la tête vers Sophie et lui sourit.

— On dirait que je suis là pour de bon.

Blue avait déjà entendu parler de cela, mais c'était la première fois qu'il le voyait. Après tout, trouver un compagnon était une chose très désirée. Cette reconnaissance spontanée indiquait clairement que les deux loups et leurs côtés humains étaient non seulement destinés à être ensemble, mais qu'ils s'acceptaient pleinement.

Ce qui le remplissait de joie pour Lance, mais le laissait encore une fois sur sa faim.

Il examina le visage de Stephanie. Elle regardait Sophie

et Lance avec une expression qui ressemblait à de l'espoir et de la faim. Il lui vint à l'esprit que peut-être, cela l'aiderait à franchir la prochaine étape avec lui.

Seigneur, comme il l'espérait.

Lᴀ ᴄᴇ́ʟᴇ́ʙʀᴀᴛɪᴏɴ spontanée qui eut lieu après cette scène ne ressemblait en rien à ce que Stephanie connaissait.

Elle savait que les loups étaient différents. Elle avait entendu sa sœur et son amie raconter que le lien qui les unissait à leurs compagnons était presque indescriptible.

Mais elle n'avait jamais réalisé à quel point c'était surnaturel. La vue de Lance et Sophie, en accord total après seulement quelques minutes, était inspirante et magnifique, mais en même temps cela glaça Stephanie au plus profond d'elle.

Lance, tout sourire, et Sophie, très satisfaite, se tenaient devant la foule. Dixie était installée sur la hanche de Sophie mais tenait l'épaule de son nouveau papa. Bien qu'il n'y ait pas eu de morsure – ce qui, comme Stephanie le savait, faisait partie de la cérémonie officielle de mariage – ils étaient clairement unis.

— J'ai des restes d'hier, mais je pense qu'on devrait sortir des steaks et organiser un petit déjeuner de fête, déclara Stacy avant de pointer le doigt dans différentes directions et donner des ordres qui furent aussitôt exécutés par les loups.

— Tu vas avoir des vacances prolongées, dit Cassidy à Sophie avant de sourire à Lance. Et vous aussi.

Lance jeta un regard affectueux à sa compagne.

— Oui, m'dame, mais non, m'dame. J'ai reçu ma mission de votre compagnon, donc nous ne partirons pas de sitôt.

Elle réfléchit un instant.

— Mais vous finirez par partir en lune de miel, d'accord ?

Les joues de Sophie s'empourprèrent, mais ses yeux brillèrent de bonheur.

— Tout ira bien, dit-elle avant de se tourner vers Lance. J'ai hâte de courir avec toi.

Le regard de Lance se fit brulant, son loup juste là et prêt à jouer. Il était évident qu'à la première occasion, ils se déshabilleraient pour d'autres raisons également.

Stephanie ne savait pas non plus comment gérer la brutalité de cette révélation.

Le groupe se dirigea vers le lodge et le rassemblement se transforma en une célébration autour d'un petit déjeuner.

Finalement, Stephanie se retrouva seule avec Sophie, sans aucune oreille indiscrète...

Bon, d'accord, c'étaient des loups. À part Cassidy et Stacy, tous les autres pouvaient l'entendre. Mais la politesse voulait qu'il y ait au moins une illusion d'intimité dans leur conversation.

Sophie semblait aussi avoir lu dans ses pensées, car elle se tourna vers elle avec un soupir de bonheur.

— Ça doit te sembler étrange. Toi et ta famille avez été très protecteurs envers moi ces derniers mois. Mais rassure-toi, je suis heureuse. Je n'aurais jamais imaginé une chose pareille, mais je suis si heureuse que ce soit lui.

— Mais tu ne le connais pas, chuchota Stephanie.

Sophie émit un reniflement, un son grossier qui contrastait avec ses traits délicats, avant de se couvrir brièvement le nez avec un sourire gêné.

— Je suis désolée, mais c'était si drôle. C'est mon compagnon !

— Mais vous n'avez même pas encore discuté ensemble.

Sophie haussa les épaules.

— Ça ne prend pas de temps quand c'est la bonne personne. Je n'ai pas besoin de connaitre sa couleur préférée parce que je sais qu'en tant que compagnon, il veut faire du monde un endroit merveilleux pour moi et Dixie. Et il veut m'aider à devenir une meilleure personne. C'est ce que font les compagnons.

— Avec juste un baiser... même s'il était torride.

Sophie jeta un coup d'œil et vit Lance qui regardait dans sa direction. Ses joues rougirent délicieusement tandis qu'elle lui faisait un clin d'œil.

Puis elle reporta à nouveau son attention sur Steph.

— C'est un truc de loup, je suppose. Sur le plan physique, nous n'avons pas fait grand-chose, mais le sexe ne représente qu'une partie de la relation. Le plus important est ici, dit-elle en se tapotant la tempe. Dès que je l'ai vu, j'ai su qu'il était à moi. Il me faudra du temps pour découvrir ses espoirs et ses rêves et pour connaitre sa vie avant moi. Mais peu importe son passé, c'est ce que nous voulons pour l'avenir qui compte le plus.

Cela avait du sens, si elle voyait cela comme on apprend les us et coutumes d'un pays inconnu. Mais elle saisissait la dernière phrase de Sophie.

— Et s'il n'était pas content de quelque chose de ton passé ? Comme le père de Dixie par exemple ? Ça ne risque pas d'être dur pour lui ou pour toi ?

Sophie parut comprendre où elle voulait en venir. Elle posa les mains sur les épaules de son amie et répondit avec une sagesse bien au-delà de son âge :

— Le père de Dixie et ce qui m'a amenée à être mère célibataire font partie de mon histoire. Lance m'aime déjà entièrement et inconditionnellement. Il sera attristé par les choses de mon passé qui m'ont blessée, mais tout le reste...

Comment peut-il ne pas aimer mon passé, puisque c'est ce qui a fait de moi ce que je suis aujourd'hui ?

Cela semblait trop beau pour être vrai, et avait surement un rapport avec la magie des compagnons. Car comment cette jeune femme pouvait être si confiante alors qu'elle avait à peine échangé quelques mots avec cet homme avant d'accepter d'être sa compagne ?

Dieu merci, Stacy appela Stephanie pour couper des légumes de la salsa, car se concentrer sur son couteau aiguisé valait bien mieux que de mariner dans ses pensées.

La célébration eut lieu. Le personnel de Timberwolf Lodge et les chefs de la meute de Jasper étaient tranquillement installés sur des chaises de jardin et des bancs, et discutaient avec enthousiasme. Lance et Sophie étaient rarement à plus d'un mètre l'un de l'autre, échangeant des regards affectueux. Stephanie avait presque envie de lever les yeux au ciel.

— Il faut vraiment que tu t'entraînes à avoir un visage moins expressif, murmura Blue en se glissant sur le banc à côté d'elle. Je sais que se mettre en couple de façon spontanée est un truc de loup, mais c'est réel. Arrête d'être humaine pendant une minute et profite de la fête.

Elle le regarda fixement.

— Je ne peux pas arrêter d'être humaine, au cas où tu ne l'aurais pas remarqué.

— Tu sais ce que je veux dire, rétorqua-t-il d'un ton apaisant.

Non. Elle ne savait pas ce qu'il voulait dire. Ou peut-être qu'elle le savait, mais qu'une grosse dispute serait une bonne façon de le tenir à distance pendant qu'elle débattait intérieurement.

Elle ouvrit la bouche pour dire quelque chose de cinglant quand il glissa ses doigts dans les siens.

— Est-ce que je peux t'emmener dîner ce soir ?

Passer du temps seule avec Blue ? Mauvaise idée. De plus, ils étaient sur le point de se disputer.

— J'aimerais bien, dit-elle pourtant en posant son front contre le sien. En fait, merde.

— Ne t'inquiète pas, répondit-il en riant. Je comprends.

Il l'embrassa sur la tempe, puis la tint contre lui tout en discutant avec les autres, ou relatant de petites anecdotes, mais surtout en étant simplement là.

En étant Blue. Constant. Authentique.

Stephanie ne pouvait s'empêcher de fixer Lance et Sophie. Même si cela l'effrayait, cette expérience était tout de même énorme et merveilleuse.

Peut-être... qu'elle pourrait... ?

Une soudaine bouffée de désir monta en elle. Pas un désir sexuel, mais de partage et de lien. Elle voulait ce que sa sœur et Cassidy avaient. Ce que Sophie avait accepté en un clin d'œil.

Alors pourquoi se comportait-elle comme une imbécile et ne disait-elle pas simplement oui à Blue ?

Parce que tu as des secrets qui doivent rester secrets, martela son esprit en lui envoyant une image de doigts ensanglantés et de violente tempête.

— Tu vas bien ? s'enquit Blue en lui caressant le bras. Tu frissonnes.

— J'ai un peu froid, mentit-elle, heureuse qu'il la serre plus fort contre lui.

Oui, elle avait de bonnes raisons de ne pas vouloir d'une autre personne dans sa tête. Mais...

Et puis zut. Elle en avait assez de se retenir. Elle et Blue étaient amis, non ? Le rendez-vous de ce soir serait le moment propice pour lui avouer quelques vérités.

Si elle osait.

Une autre pensée lui traversa soudain l'esprit, profonde, grave, et beaucoup moins effrayante. Presque comme si quelqu'un d'autre l'avait exprimée.

Il t'aime déjà. Je t'aime. Tu es à nous, et rien ne changera ça.

Stephanie se tut, intriguée.

13

───────

*B*lue se dit qu'il le méritait bien après s'être autant moqué de ses amis lorsqu'ils courtisaient leurs compagnes. Mais cela allait quand même un peu trop loin.

— Si tu poses encore un vêtement ennuyeux sur ce lit, je t'attache au ventilateur du plafond, menaça-t-il.

— Il faudrait d'abord que tu m'attrapes, et tu es trop énamouré de Stephanie pour te concentrer, déclara Jace.

Il écarta une chemise hawaïenne et regarda les vêtements étalés sur le lit, comme s'il avait été personnellement offensé.

— Est-ce que tu as quoi que ce soit de coordonné ? Un truc qui ne ferait pas saigner les yeux ?

— Je ne vais pas changer mon style vestimentaire pour impressionner Steph, dit Blue avant d'hésiter. Merde. Tu crois que je dois changer mon style vestimentaire pour impressionner Steph ?

Del émit un reniflement amusé et fouilla dans la pile pour récupérer la chemise rouge préférée de Blue.

— Si c'est ta compagne, ce qui est le cas, tes vêtements

135

criards sont déjà quelque chose qu'elle adore chez toi. Porte celle-ci et arrête de t'inquiéter.

— Mais par pitié, peigne-toi les cheveux. C'est un ordre de Cassidy, rétorqua Jace en s'allongeant sur le lit, les bras croisés derrière la tête avec un grand sourire. Puisque tu as de longs cheveux de hippie et tout, profites-en.

Blue enfila ses vêtements et soupira lourdement en saisissant sa brosse.

— C'est nul.

Del lui tapota l'épaule puis se laissa tomber sur le lit, à côté de Jace.

— C'est vrai, mais ce n'est pas parce que Lance et Sophie se sont mis ensemble instantanément que ta relation est une erreur.

Blue fronça les sourcils en se concentrant sur un nœud.

— Je ne me plaignais pas de ça. On est mardi, et Pete's est fermé. Je vais devoir emmener Steph au restaurant ultra-chic de Jasper Park Lodge à la place, et nous savons tous que ce n'est pas aussi bon que chez Pete.

Les deux levèrent les yeux au ciel comme les adolescents de la semaine dernière.

— Le plus triste, c'est qu'il n'a pas tort, déclara Jace.

— Évidemment, dit Blue en se regardant dans le miroir.

Avec ses cheveux qui lui retombaient sur les épaules, il ne ressemblait en rien à ce qu'il était durant ses années d'armée. C'était probablement pour cela qu'il les avait laissés pousser d'ailleurs.

Hmm... un peu d'introspection ? Intéressant.

— As-tu eu d'autres visions sur ce qui se passe ? demanda Del. Ou ton super sens Omega est toujours en panne ?

— Je suis complètement en vrac, c'est sûr. Je ne pense pas être définitivement HS – et c'était sympa d'avoir des flashs au sujet de Lance – mais ce n'est pas comme d'habitude.

Il se tourna alors vers Jace avant d'ajouter :

— Et non, je n'ai pas gagné d'autres superpouvoirs. À part cette fois où j'ai fait exploser les fesses d'Emma en haut de la montagne, je ne peux pas invoquer la foudre.

— Dommage. Et tant mieux. C'était un peu trop à mon goût, dit Jace en le regardant. J'ai entendu dire que François était de retour en ville.

Le grognement profond qui s'échappa de la gorge de Blue fit sursauter Del de surprise.

— Mon cher Blue. Tu es très peu pacifiste.

— Je ne comprends toujours pas comment tu continues à dire que Blue n'est pas un guerrier, dit Jace. Tu as rencontré Lance. Lui et Blue étaient coéquipiers.

Del haussa les épaules.

— C'est difficile de lutter contre ces sept dernières années de vêtements criards et de perpétuels sourires.

— C'est derrière moi à présent, dit Blue. Je vais devenir un membre adulte de la société des loups et ne plus jamais sourire.

— Pitié, non ! s'exclama Jace en se levant et s'approchant de Blue pour lui ajuster son col et tirer ses cheveux en arrière. Tu es parfait. Et je ne veux pas d'un autre gros dur dans la meute. Reste toi-même, cousin. J'aime qui tu es. La seule chose qui te rendra meilleur, ça sera d'avoir Steph à tes côtés.

— Et sur ce, dit Del en sortant une boîte rectangulaire de sa poche arrière. Stacy a dit que tu devais donner ça à Stephanie.

Blue prit la boîte mais secoua la tête.

— Je peux me débrouiller seul pour séduire ma compagne.

— Prends toute l'aide que tu peux avoir, suggéra Jace en sortant également une boîte. Cassidy m'a donné ça pour que tu le donnes à Steph.

— Je ne vais pas lui offrir de cadeaux si je ne sais pas ce qu'il y a dedans, dit Blue en regardant l'heure. Bon d'accord. Voyons ce qu'elles pensent être si important.

Les deux boîtes étaient fermées par une ficelle. Blue ouvrit la première et souleva le couvercle.

Del s'esclaffa.

— Cassidy t'a donné des préservatifs.

Jace secoua la tête :

— Non, c'est à Steph qu'elle les a donnés. C'est un message adressé à Steph, pas à toi.

Blue jeta un regard méfiant à l'autre boîte.

— Elle est un peu trop grande à mon goût.

Del émit un reniflement amusé.

— Pitié. C'est déjà assez amusant comme ça sans que tu en rajoutes.

Tous se mirent à rire en regardant Blue ouvrir la boîte et en sortir un pénis en plastique.

— Oh bordel !

— Très réaliste, émit Jace en s'esclaffant.

— À condition d'avoir une queue rose et vert, dit Del d'une voix traînante, avant de considérer Blue. Remarque, ça ne serait pas impossible.

— Va te faire foutre, répondit Blue d'un ton plat.

Il souleva la monstruosité et trouva une télécommande en dessous.

— Super. Elle est rechargeable et fonctionne à distance.

— Une longueur d'avance sur nous. Je veux dire, je suis rechargeable, mais j'aime que le sexe soit fait en personne et de très près, dit Jace en souriant à Blue. Il est temps d'y aller. Amuse-toi bien et traite bien ta compagne à l'essai.

Il allait les tuer tous les deux.

— Merci.

Il referma rapidement les boîtes et les rangea dans sa poche. Après un dernier regard dans le miroir, il sortit du cottage et se dirigea d'un pas nonchalant vers la porte d'entrée du lodge.

Il avait à peine levé la main pour frapper à la porte qu'elle s'ouvrit en laissant apparaître Marvin l'élan. Ce qui signifiait qu'il n'y avait pas un seul centimètre carré du salon ou du hall d'entrée de visible derrière le mastodonte.

— Plaît-il ? demanda poliment Marvin.

— Vraiment ? fit Blue en haussant un sourcil interrogateur.

Marvin sourit.

— J'apprends les bonnes manières à Dixie, expliqua-t-il en se poussant juste assez pour révéler le petit loup. Que puis-je faire pour toi ?

— Bonjour, Blue. Je suis babysittée ce soir, annonça Dixie. Stephanie est trop jolie. Tu l'emmènes quelque part de spécial ? Mon nouveau papa est sorti avec ma maman ce soir.

Pour terminer la cérémonie d'accouplement. Bande de veinards. Blue s'accroupit et pinça le nez de Dixie.

— Je suis très heureux pour ta maman et ton nouveau papa. Et j'emmène Stephanie dans un endroit spécial. Tu peux m'emmener auprès d'elle, s'il te plaît ?

Dixie enfonça son petit poing dans l'énorme cuisse de Marvin.

— Bouge, Monsieur Marvin. Stephanie a besoin de Monsieur Blue.

— En effet, acquiesça Marvin en riant et s'écartant. Autant que lui d'elle.

Un scintillement attira soudain leurs regards. Blue resta

immobile pendant un instant avant de réaliser qu'il ne s'agissait pas d'une réaction d'Omega mais de la lumière du soleil qui se reflétait sur les fils argentés de la robe de Stephanie.

Merde alors. Il pressa sa main sur son cœur

— Femme magnifique.

Elle avança, les lignes géodésiques de sa robe formant un kaléidoscope de jaunes, d'orange et de rouges. Les coutures étaient noires, comme si elle portait un vitrail, et chaque petit cadre brillant scintillait quand elle se déplaçait.

Elle s'arrêta devant lui et le regarda attentivement.

— Tu es très bel homme, Blue.

— Est-ce une bonne chose ? Dis-moi que c'est une bonne chose.

— C'est une très bonne chose, dit-elle en passant une main dans les cheveux de Blue. Mince alors, tes cheveux sont plus doux que les miens. Qu'est-ce que tu utilises comme après-shampoing ?

— Vous pourrez comparer vos astuces au restaurant, la coupa Cassidy qui se tenait quelques pas en arrière, avec un large sourire.

— Approche, Blue, dit Stacy.

Celui-ci s'exécuta et se plaça à côté de Steph.

— Souriez, dit Stacy en levant son téléphone et prenant une photo.

— Ce n'est pas le bal de fin d'année, maman, se plaignit Steph en passant le bras autour du coude de Blue.

Stacy examina la photo.

— Vous êtes si mignons tous les deux. Je vais faire un album photos : souvenirs des compagnons à l'essai.

— Allons-y avant qu'elles commencent à nous donner

des conseils qu'on n'a pas demandés, chuchota Steph en le tirant vers la porte.

En parlant de ça, se dit Blue.

— Attends une minute.

Il s'approcha de Cassidy et Stacy, et sortit les boîtes cadeaux de sa poche.

— Merci. Mais j'ai la situation sous contrôle.

Stacy haussa un sourcil.

— Arrête, la prévint Blue. Pas de commentaires : pas un seul. Va retrouver tes hommes pour les torturer.

— Mais c'est tellement plus facile de te faire réagir, fit remarquer Cassidy.

— Dites bonsoir, mesdames, rétorqua Blue en prenant Steph par la main et en s'enfuyant.

— Bonsoir, mesdames, répéta Stacy en riant. Amusez-vous bien. Ne faites rien qui...

— Cours, ordonna Steph.

Ils se sauvèrent tandis que les rires résonnaient derrière eux.

BLUE LA CONDUISIT vers une Mustang bleu scintillant qui la fit cligner des yeux. Elle ne l'avait encore jamais vue.

— Une nouvelle voiture ? demanda-t-elle.

Se concentrer sur la voiture était bien plus sûr que de penser au plaisir de lui tenir la main.

— Une voiture secrète, lui dit-il en ouvrant la portière et en attendant qu'elle monte. Je ne laisse pas Jace ou Del conduire Birdie, et pour ça, le moyen le plus simple, c'est de la garder chez moi.

— Birdie ?

Il sourit.

— L'oiseau bleu du bonheur.

Stephanie monta machinalement et s'attacha, mais le commentaire clignotait dans sa tête comme un grand panneau au néon.

Dès que Blue fut assis, elle se tourna vers lui.

— « Chez toi ». Je suis horrible. Je suis à Jasper depuis juin et que je ne t'ai jamais demandé où tu vivais avant.

Blue attendit qu'ils aient fini de gravir la colline menant à la ville avant de parler.

— C'est en grande partie de ma faute. C'est moi qui ai emménagé dans l'un des cottages pour pouvoir rester sur la propriété.

— Pour être plus près de tout le travail qu'il y avait à accomplir pour nous aider.

Il saisit ses doigts.

— Non. C'était un avantage secondaire. J'ai déménagé pour être plus près de toi.

Le frémissement qu'elle ressentit dans son ventre fut suivi d'une chaleur semblable à une étreinte.

— Parce que tu savais que nous étions compagnons.

Il lui serra légèrement les doigts.

Ils gardèrent le silence quelques minutes, pendant que Stephanie réfléchissait à cela. Il avait tout quitté pour être près d'elle, sans jamais la forcer à quoi que ce soit.

Tu es nous.

Elle lança un rapide regard à Blue, mais il n'avait rien dit.

Super. Voilà qu'elle entendait des voix. Il fallait qu'elle se distraie un peu les idées.

— Où allons-nous ?

— Malheureusement, pas chez Pete. Mais on a reçu une invitation de sa part pour la semaine prochaine. Il apporte quelques changements au menu et veut que nous servions de cobayes.

— Oh oui, s'il te plaît, dit-elle avant de deviner : Alors ce soir, c'est pizza ? Pâtes ?

— Steak, répondit Blue en souriant après avoir entendu le grognement de satisfaction de Steph. Mais ne crois pas que j'essaie d'en faire des tonnes pour t'impressionner...

Il marqua alors une pause et croisa son regard.

— Sauf si ça marche.

Stephanie rit également, avant de réaliser qu'il ne plaisantait qu'à moitié.

— Tu n'as pas besoin de m'impressionner, lui dit-elle avec douceur. Nous sommes plus que des amis, tu te souviens ?

Ils se tinrent la main durant le reste du trajet. La caresse du pouce de Blue, la faisait frissonner d'impatience.

Même si Blue n'avait pas l'intention de l'impressionner, l'endroit était fantastique. Comme Timberwolf Lodge mais destiné aux humains. Avec ses poutres en bois vertigineuses et ses énormes rondins de bois, cette propriété aurait pu être la jumelle de l'endroit que Stephanie appelait désormais son foyer.

Un foyer. Un défi.

— Comment ça s'est passé avec Mme Wilson ? Vous avez raccompagné sa petite-fille chez elle, n'est-ce pas ?

Ils venaient de s'asseoir à une petite table ronde qui offrait une vue imprenable sur le lac Elizabeth. Les arbres environnants étaient ornés de petites lumières décoratives.

— Waouh. Il faut qu'on fasse pareil à Timberwolf Lodge. Peut-être de quoi s'assoir à l'extérieur face au lac pendant la saison estivale ?

— Bonne idée. On en parlera à Cass demain, approuva

Blue en parcourant la carte des vins et la reposant sur la table. Pour ce qui est des Wilson... je ne suis pas sûr.

L'inquiétude contrastait fortement avec son expression habituellement joyeuse.

— Quel est le problème ?

Il secoua la tête.

— Je vais te le dire, mais commençons par commander. Tu veux choisir le vin ?

— Pourquoi ne le ferais-tu pas ? suggéra-t-elle, prise soudain d'une impulsion diabolique. En fait, tu devrais commander le repas tout entier. Je vais me détendre et profiter de la vue.

Blue se retint de sourire.

— Bien sûr. Je crois avoir vu des huîtres des prairies en apéritif.

— À condition que tu en prennes, dit-elle en ricanant.

Blue sortit un petit carnet de sa poche.

— Défi accepté.

Il écrivit rapidement leur commande sans la laisser lire, puis déchira la page et la tendit à la serveuse à son retour.

Puis Blue prit la main de Steph et la regarda dans les yeux.

— En tant qu'Omega, j'ai généralement certaines compétences, comme comprendre les émotions de la meute. Nous n'avons pas beaucoup de problèmes de dépression ou d'anxiété en tant que loups, mais ça arrive. Je peux ressentir les émotions d'un loup et comprendre ce dont il a besoin pour aller mieux : de l'espace, une étreinte ou le bon vieux coup de pied aux fesses.

— C'est une compétence pratique, dit-elle avant de froncer les sourcils. Généralement ?

Il hocha la tête.

— C'est un peu flou ces jours-ci. Et quand il s'agit de toi, même si je peux ressentir tes émotions, le livre des règles ne donne pas d'instructions précises. J'essaie d'être celui dont tu as besoin, mais je n'ai pas de boule magique. Pas plus que n'importe quel loup lambda.

Mais elle savait que le problème ne venait pas de lui.

— Le fait que nous ne soyons pas encore compagnons n'a aucun rapport avec toi, lui assura-t-elle.

Il haussa doucement les épaules avant de changer de sujet.

— Tu m'as demandé au sujet des Wilson. J'ai détecté chez Ermeline de la curiosité mêlée à une grande colère refoulée. Elle n'a pas vraiment de raison d'être en colère contre nous, sauf pour sa nièce.

Stephanie ne se souvenait pas bien de tous les liens de parenté, et puis cela la frappa.

— Emma. Nous l'avons bannie.

— Et pour de bonnes raisons. Aucune meute ne contesterait cette décision. Mais les gens ne sont pas toujours objectifs lorsqu'il s'agit de la famille, expliqua Blue avant de faire un geste sur le côté : Notre vin est là.

La syrah était délicieuse, mais Stephanie était distraite par les révélations de Blue.

— Je suppose que, d'une certaine manière, c'est bien de savoir qu'Ermeline n'est pas tout à fait de notre côté en ce moment. Ça nous donne le temps de la faire changer d'avis.

— C'est vrai. C'est une bonne chose que tu aies suggéré de la contacter.

Blue changea de sujet et lui raconta ses vacances au lodge, avec le patinage sur le lac et les descentes en luge sur la grande colline, sous forme humaine et loup, tout en mangeant des calamars accompagnés d'une salade de chèvre et de figues. Quand les steaks arrivèrent, Steph se mit à saliver.

— Un filet enrobé de bacon pour moi ?

Blue hocha la tête.

— Et tu pourras goûter mon filet mignon à la sauce poivre et amélanche.

Miam.

— Je vais finir en coma alimentaire.

— Ah non, dit-il sur le ton de la plaisanterie. Tu me dois encore un massage des pieds.

— Depuis quand ? demanda-t-elle en découpant un morceau de viande.

Elle laissa la viande fondre sur sa langue avant d'ajouter :

— Peu importe. Je suis au paradis. Les massages des pieds sont toujours disponibles au paradis.

Blue lui coupa un morceau de viande, trempant la moitié dans une sauce, l'autre moitié dans la deuxième.

— Goûte.

Elle se pencha pour la prendre, enroulant ses lèvres autour de la fourche. Les yeux de Blue se dilatèrent tandis qu'il fixait sa bouche.

Entre la nourriture et l'expression affamée de Blue, Steph était en extase. Elle déglutit avec effort.

— Tiens-toi bien, murmura-t-elle.

— Je me tiens très bien. Tu remarques que je ne suis pas en train de te plaquer contre le mur ?

Il fallait qu'elle change de sujet, car l'idée lui plaisait vraiment.

— Parle-moi un peu de ta tante et de ton oncle. Ceux qui vivaient à Timberwolf Lodge avant nous.

Il haussa un sourcil mais s'inclina, lui racontant des anecdotes pendant qu'ils savouraient leurs steaks et s'attaquaient à une énorme part de fondant au chocolat.

Stephanie qui terminait son vin, ne put contenir sa curiosité plus longtemps.

— Blue, tu crois qu'il y a un lien entre nous ? Quelque chose d'Omega-iesque ?

En pensant à la capacité de Blue à ressentir les émotions, peut-être que si elle pouvait les ressentir, elle pouvait également les cacher.

Blue hésita.

— Parce que tu veux qu'il y ait un lien, ou qu'il n'y en ait pas ?

Elle soupira.

— Tu es parfois bien trop perspicace.

— Ça n'a rien à voir avec le fait d'être un Omega, dit-il en lui caressant la joue. C'est juste que je tiens à toi. Je n'ai pas besoin de sens magiques Omegas pour savoir quand tu es inquiète. S'il te plaît, mon cœur, fais-moi confiance.

C'était le cas. Elle lui faisait totalement confiance.

— C'est à moi que je ne fais pas confiance, murmura-t-elle.

Les secrets. Il fallait garder les secrets.

Steph, les secrets doivent être partagés, lui dit fermement la voix.

Elle secoua la tête.

— Pourquoi est-ce que j'entends toujours... ?

Mais soudain ses interrogations disparurent, car derrière la fenêtre, un fantôme passa. Elle fut prise d'un vertige, avant de sentir la panique monter.

— Oh, mon Dieu.

Blue lui prit la main et essaya de suivre son regard.

— Qu'est-ce qu'il y a ?

Stephanie désigna l'homme qui marchait sur le sentier longeant le lac.

— C'est... on dirait l'ex-mari de Stacy, Porter.

Ce qu'elle savait être impossible. Elle le savait au plus profond d'elle parce qu'elle avait vu son corps sans vie à ses pieds.

Le loup à ses côtés se redressa.

— C'est peut-être Porter, mais c'est plus probablement Dwight, l'homme qui prétend être son frère. Où ça ?

— Dans cette direction, dit-elle avec un geste du menton.

Blue réfléchit rapidement, et se leva.

— Je dois le suivre. Tu veux rester ici ou...

— Je viens avec toi, dit-elle en faisant signe à la serveuse tandis qu'ils se dirigeaient vers la porte. Je ne te gênerai pas, mais je dois le faire.

Blue laissa tomber un rouleau de billets sur le bar, puis ils sortirent dans la fraîche nuit d'automne.

14

Suivre sa proie en étant accompagné de Stephanie n'était pas l'idéal. Puis Blue réalisa que suivre l'homme n'était pas le bon plan d'attaque dans ces circonstances.

Il posa la main de la jeune femme au creux de son coude et leur fit ralentir le pas afin de ressembler à n'importe quel couple se promenant au bord du lac par cette magnifique soirée.

— Tu le vois toujours ? demanda Blue.

— Sur le chemin de droite. Il regarde autour de lui comme si c'était un touriste. Ce qu'il est probablement, tout bien considéré.

Elle serra sa main sur son bras et demanda :

— Que fait-il ici ?

— On va le découvrir. Mais voyons d'abord s'il séjourne bien à l'adresse indiquée par Lance. Ça sera plus facile de le surveiller si on commence par là.

Quand Dwight s'assit sur un banc au bord du lac, Blue accula Steph contre l'arbre le plus proche.

Elle leva des yeux brillants vers lui. Il y lut un peu de

peur, mais bien plus de désir. Son pouls battait à un rythme effréné ; un désir trop fort pour être ignoré. Même dans cette situation désastreuse, il devait le faire.

— Tu as l'air d'avoir besoin de quelque chose, lui dit-il.

— Quoi ?

Elle essayait de regarder au loin avec sa vision périphérique, mais il posa une main sur sa joue et tourna sa tête vers lui.

— Ça, dit-il avant de l'embrasser.

Lentement, leurs souffles se mêlèrent, le goût persistant du chocolat mêlé à la saveur distincte de son compagnon.

Steph saisit le col de sa chemise à deux mains, et la bouche contre sa joue demanda :

— Est-ce raisonnable ?

— Ce n'est pas une question de raison mais de nécessité. J'ai besoin de toi comme j'ai besoin d'air, Steph.

Il l'embrassa à nouveau, et la réponse enthousiaste qu'il reçut fit monter en flèche tous ses désirs refoulés.

Steph glissa sa langue contre la sienne avant de se retirer. Il répondit en la pressant plus fort contre l'arbre, la courbe douce de ses seins tel un doux oreiller. Son sexe durci se pressa contre le renflement de son ventre. Et pendant tout ce temps, il ne cessait de mordiller sa lèvre et lui voler des baisers. Leurs langues s'emmêlèrent, et elle dut lutter pour ne pas faire glisser sa jambe sur sa hanche et se frotter à lui comme un animal en rut.

Elle passa les mains dans ses cheveux et lui tira légèrement la tête en arrière.

— Tu vois toujours Dwight ?

— Oui.

Dieu merci, l'homme admirait le paysage.

— Embrasse-moi encore, ordonna Blue.

Stephanie s'exécuta. Bon sang, il était tellement excité

qu'il était à deux doigts de perdre le contrôle, et ils ne faisaient que s'embrasser. Comment allait-il pouvoir garder son sang-froid une fois qu'ils seraient au lit ?

Mais il verrait cela plus tard... quand sa compagne se retrouverait sous son poids, belle et échevelée. Il pouvait sentir l'odeur de son désir, pareil au meilleur des aphrodisiaques.

Mouvement, l'avertit son loup.

Blue s'éloigna de Steph.

— Nous n'en avons pas fini avec ça, dit-il sans la quitter du regard.

Elle hocha rapidement la tête, tout en se retournant pour examiner leur proie.

— Il marche, murmura-t-elle.

— Alors marchons aussi. Mais pas trop près, au cas où.

Pour lui, c'était naturel de repasser instantanément en mode furtif. Et comme si elle avait fait ça toute sa vie, Steph saisit le coude de Blue et marcha à ses côtés. Pas assez vite pour le rattraper, mais pas trop lentement pour ne pas devoir courir après lui, au risque de se faire remarquer, si Dwight décidait de tourner à au coin.

L'homme était manifestement incapable de détecter qu'il était suivi, et avait très peu d'instinct de survie. Il se dirigea vers l'un des cottages du lac et y entra. Un instant plus tard, la lumière du salon s'alluma.

Blue rapprocha Stephanie de lui afin de la cacher.

— Continue de marcher. Je veux être sûr qu'il ne pourra pas sortir à moins de ramper par la fenêtre.

— Ils n'ont pas de portes arrière, murmura-t-elle. J'ai étudié la question lorsque je faisais des comparaisons pour Timberwolf Lodge.

C'était bon à savoir. Il lui serra les épaules, puis la guida suffisamment loin pour pouvoir surveiller la porte sans être vus par Dwight.

— Je vais appeler des renforts. Ils continueront la surveillance pour le reste de la nuit.

— On peut rester, proposa Steph en frissonnant.

— C'est notre rendez-vous, dit-il fermement.

Il envoya rapidement un SMS à un membre de la meute recommandé par Del, et lorsqu'il eut la confirmation que le garde était en chemin, il serra à nouveau Stephanie contre lui.

— Ils seront bientôt là. J'ai de très bonnes idées pour passer le temps.

Elle haussa un sourcil et jeta un regard inquiet vers le cottage.

— Mais et si...

L'embrasser afin de taire ses inquiétudes était la meilleure des solutions.

Il garda une oreille attentive, sachant qu'il était impossible pour Dwight de partir sans se faire remarquer. Même si la bouche de Stephanie était extrêmement distrayante, Blue était capable de faire plusieurs choses à la fois. D'autant plus que dans le cas contraire, il aurait dû renoncer à l'embrasser.

L'arrivée de sa collègue, quelques minutes plus tard, fut néanmoins une bonne chose. Blue s'écarta de la bouche de Steph et émit un grondement joyeux en caressant sa lèvre du doigt.

— Délicieuse.

— C'est le gâteau, plaisanta-t-elle.

— C'est toi. Viens. La relève est là. Elle est dans sa forme de loup et pourra surveiller de près notre invité indésirable.

Steph acquiesça avant de se mordre la lèvre. Puis elle se redressa légèrement comme si elle avait pris une décision.

— Tu m'emmènes chez toi ?

— Mon cottage à Timberwolf ?

— Ta maison ici, à Jasper. Près de ton atelier.

Il ne l'avait pas vu venir.

— D'accord. Mais je n'ai rien à manger, et pas grand-chose à boire.

Steph lui donna une tape sur le torse.

— Je n'ai pas faim. Pas de cette façon en tout cas.

Blue sentit à nouveau l'excitation le gagner. La soulever dans ses bras et courir jusque chez lui n'était pas l'image calme et posée qu'il voulait donner.

Mais bon, c'était Steph. Elle le connaissait et finirait de toute façon par tout savoir de lui, alors autant oublier le côté calme et posé. Elle dégageait une odeur de désir et de plaisir, et il avait hâte d'y répondre.

Il attendit d'être près des arbres et hors de vue du public avant de la soulever et de courir.

Steph rit en enroulant ses bras autour de son cou et en s'accrochant à lui.

— Blue. Qu'est-ce que tu fais ? Ta voiture...

— Ma maison n'est pas loin. On y sera dans quelques minutes. Ma voiture a besoin de respirer un peu. Elle sera très bien sur le parking. Ça sera une aventure pour elle.

Stephanie riait à gorge déployée à présent, un son cristallin et chaleureux dans l'air frais de la nuit. Elle le tenait fermement, mais pas comme si elle avait peur... plutôt comme si elle ne voulait pas le laisser partir.

Quelques instants plus tard, ils étaient devant chez lui, au bord du lac. Il la posa doucement et la prit par la main pour la guider vers la terrasse.

— Bienvenue. La maison est petite et l'atelier est en désordre, mais c'est tout à moi.

Tout à elle maintenant, le corrigea son loup.

Oui, mais une chose à la fois, le prévint Blue. *Pas trop vite, quand même.*

Tu vas trop lentement, gronda sa bête intérieure.

Blue... s'auto-ignora ? Et monta les quelques marches avec elle.

— Ce n'est pas fermé à clé, dit-il.

— Tu es confiant.

— Je suis un Omega. Aucun loup ne viendrait sans y être invité, et je vaporise régulièrement du « Humains barrez-vous », pour ce qui est des autres.

Stephanie lui lança un regard surpris, puis leva les yeux au ciel devant son clin d'œil.

— Petit marrant.

— Je ne peux pas l'expliquer, mais je ne ferme jamais les portes à clé. Soit les gens n'entrent pas, soit ils étaient censés entrer. Dans tous les cas, tout est pour le mieux.

Mais sa mystérieuse politique des portes ouvertes n'était pas ce dont il voulait discuter pour le moment.

Elle tourna sur elle-même, observant les chaises longues qu'il avait placées au milieu de la terrasse qui s'étendait sur toute la longueur de la maison. À droite se trouvaient un barbecue et une confortable petite table de pique-nique pouvant contenir quatre personnes.

Elle hésita puis le conduisit du côté gauche où deux chaises confortables étaient placées près d'un braséro. Derrière eux, les portes coulissantes d'une baie vitrée donnaient sur la chambre.

Steph ouvrit la porte et écarta les rideaux. Son lit King-size était orné d'une couette bordeaux et d'oreillers confortables. Elle prit une profonde inspiration.

— La couette n'est pas jaune vif ?

— J'en achèterai une si tu veux.

Elle sentit le désir l'envahir instantanément, mais elle secoua la tête et pénétra dans la chambre avant de se tourner vers lui.

— Tu as dit que tu avais besoin de moi. Mais moi aussi j'ai besoin de toi.

Dieu merci. Blue entra dans la chambre rejoindre sa compagne.

C'ÉTAIT UNE TERRIBLE ERREUR. Au départ, Stephanie comptait simplement lui expliquer qu'elle avait peur. Oh, elle n'allait pas tout lui dire, mais juste lui avouer que c'était la peur qui motivait son refus.

Le fait de s'unir ? Quelle que soit la façon de l'annoncer, il devait savoir que cela ne se ferait pas.

Sauf qu'ils allaient manifestement le faire.

Chaque parcelle de son corps réclamait ses caresses, et en le voyant la dévorer du regard, elle se sentait sur le point de prendre feu.

Le regard de Blue traduisait la faim, mais aussi cette chose essentielle qui faisait de lui ce qu'il était : de l'amusement mêlé à une force obstinée.

— Je vais prendre soin de toi, lui promit-il. Mais si je fais quoi que ce soit qui te déplaît, dis-moi simplement d'arrêter.

— J'ai l'impression que je vais passer beaucoup plus de temps à te dire de continuer, le taquina-t-elle. Pourquoi restes-tu là ?

Blue était encore sur le pas de la porte. Il referma la baie vitrée, laissant les rideaux ouverts pour que les lumières extérieures éclairent l'intérieur, projetant des doigts dorés sur le lit.

— J'en rêve depuis des mois, Steph. Je ne vais pas me précipiter.

Puis contrairement à ce qu'il venait de dire, il se jeta sur elle. L'instinct de Steph la poussa à reculer jusqu'à heurter le lit et s'y assoir en regardant ses yeux brûlant de désir.

Mais ce n'était pas effrayant. Au contraire. C'était vraiment amusant. Stephanie retira ses chaussures et recula sur le lit, essayant de s'échapper mais sachant qu'elle ne pourrait pas.

Blue était au-dessus d'elle en une seconde, ses bras puissants posés de chaque côté de sa tête. Elle sentit son corps de poser sur le sien, ses hanches calées entre ses jambes. Dans une intimité totale, son membre dur se pressa contre son sexe. Des couches de tissu les séparaient peut-être, mais quelle importance ? Ils étaient là et profitaient de chaque seconde.

— J'aimerais être nue, suggéra Stephanie.

— Ça me va, lui dit Blue, ses cheveux retombant autour d'eux comme un rideau.

Il laissa son regard dériver vers la partie de son buste avec laquelle il n'était pas en contact.

— Déshabille-toi.

Elle attendit qu'il recule, mais il se rapprocha davantage. Elle sentit une forte pulsation dans son entrejambe, la tension sexuelle augmentant. Un autre genre de délice. Stephanie croisa son regard alors qu'elle se penchait pour saisir le bas de sa robe du bout des doigts.

Remonter l'étoffe petit à petit ne fut pas facile. Elle dut se tortiller, se contorsionner et se rapprocher de lui, les torturant tous les deux de la manière la plus exquise.

Il s'appuya sur son coude et glissa sa main droite derrière elle afin de défaire la fermeture éclair de sa robe. Ce fut sa seule concession pour l'aider à se déshabiller. Cela, et défaire son soutien-gorge si rapidement qu'elle se demanda s'il avait utilisé ses griffes pour le découper.

— Qu'est-ce que tu vas faire une fois que je serai nue et que tu auras encore tous tes vêtements ? le taquina-t-elle.

— Je vais finir de manger mon dessert.

L'entrejambe de Steph pulsa à nouveau.

Au moment où il l'aida à faire passer sa robe par-dessus sa tête, ils étaient tous les deux essoufflés, mais pas à cause de l'effort. La peau de Steph lui donnait l'impression d'être chatouillée par des milliers de lucioles, et le regard de Blue...

Il prit son visage dans sa main droite et l'embrassa longuement. Ses doigts descendirent lentement le long de son cou et de sa clavicule avant de glisser sur sa poitrine.

Sa bouche suivit le même chemin pour s'attarder sur son mamelon avec un doux coup de langue et un léger pincement qui la fit se cambrer vers lui.

Blue lâcha un grognement sourd. Il bougea un peu plus vite, ses mains prenant ses deux seins en coupe tandis qu'il la taquinait, l'embrassait et la léchait jusqu'à ce que ses deux mamelons soient si durs et sensibles qu'elle ne sache plus si elle devait le repousser ou le tirer plus près d'elle.

Blue posa sa tête contre son ventre et inspira profondément.

— Merde, Steph. Ton odeur est incroyable. Je peux sentir ton désir, et après tout ce temps, j'ai peur de ne pas pouvoir me retenir.

Elle passa ses doigts dans ses cheveux et sourit à son expression frustrée.

— Ne te retiens pas. D'après ce que j'ai entendu, vous, les loups, êtes un peu comme le lapin Energizer. Tu seras prêt à repartir dans quelques minutes.

C'est à ce moment-là que Stephanie comprit qu'il était dangereux de suggérer à un loup de se lâcher et de perdre le contrôle.

Il ne lui fit pas mal, mais il perdit toute civilité. Il lui mordilla le ventre, et glissa ses mains sous ses hanches pour la porter à sa bouche. Ce n'était pas des coups de langue doux ni des jeux amoureux. C'était un véritable festin, car c'était un loup affamé et elle était le festin qu'il avait mérité. Stephanie lui tira les cheveux et s'accrocha à lui. C'était son seul choix, car à moins de vouloir reprendre le contrôle physiquement – *la bonne blague !* – la seule chose en son pouvoir était de prendre du plaisir.

Il lui fit rapidement perdre la tête, lui faisant atteindre l'orgasme en moins d'une minute. L'instant suivant, alors qu'elle allait le serrer contre elle, il recommença. De petites morsures acérées qui provoquèrent des tempêtes électriques sur sa peau. Des mouvements de succion intenses qui allaient lui laisser tout un tas de morsures d'amour.

Heureusement qu'on n'était pas en été et qu'elle n'avait pas prévu de se promener en bikini de sitôt.

Le troisième orgasme la fit trembler, et elle s'agrippa aux draps comme si sa vie en dépendait.

— Blue... Arrête. J'ai besoin de toi.

Il se redressa légèrement, s'essuya la bouche tandis qu'il regardait son corps nu comme s'il réfléchissait à ce qu'il allait dévorer ensuite.

— Je n'ai pas fini.

Merde. Elle ne pouvait pas recommencer. Elle se contorsionna du mieux qu'elle put pour saisir sa chemise et tirer dessus, faisant sauter les boutons dans un bruit satisfaisant.

— Alors n'arrête pas, mais d'abord, mets ta queue en moi.

Ce fut le déshabillage le plus rapide au monde.

Stephanie nota à peine qu'il s'était éloigné pour mieux revenir, chaque centimètre de sa silhouette musclée pressé contre la sienne, et son sexe...

Blue ondula ses hanches, s'enduisant de l'humidité que ses multiples orgasmes avaient produite.

— Steph ? demanda-t-il en la regardant dans les yeux.

Elle lui caressa le visage et déclara :

— Regarde en bas. Regarde-toi t'enfoncer en moi. Regarde-nous devenir un.

Une lueur diabolique apparut dans son regard lorsqu'il saisit sa main et la guida entre leurs corps. Leurs doigts ensemble, glissant sur son membre et son clitoris alors qu'il s'enfonçait lentement mais fermement. Il continua jusqu'à la garde, peau contre peau, le torse surélevé afin qu'elle puisse tout voir.

Intime, incroyable.

Elle se sentait si pleine et remplie.

— C'est si bon, murmura-t-elle.

— C'est putain de fantastique, la corrigea-t-il avec amusement.

Il ondula ses hanches, entamant un va-et-vient contre son clitoris avec une pression si parfaite que le plaisir augmenta de nouveau.

Il accéléra le rythme, et c'est à ce moment-là que Stephanie abandonna toute prétention à être prête pour cela. Elle s'était attendue à une rapide partie de jambe en l'air, mais c'était un désir, une urgence et une puissance à peine maîtrisés. Ses hanches ondulaient à un rythme effréné, et les muscles de son torse étaient crispés de plaisir.

Elle s'élevait vers les cimes, flottant vers un but impossible – trop d'orgasmes pour être comptés et encore un autre qui se profilait. Elle enfonça ses doigts dans les épaules de Blue et savoura sa chaleur. Sur elle, autour d'elle et en elle.

Blue s'abaissa sur elle tout en continuant ses coups de reins, leurs bustes frottant l'un contre l'autre tandis qu'un plaisir extrême montait en elle et la submergeait. La bouche de Blue captura son cri de plaisir, et étouffa son nom sur ses lèvres.

Il ralentit, la forte pression de ses parois intimes autour de son sexe le faisant frissonner, jusqu'à ce qu'il se raidisse et la rejoigne dans l'orgasme.

La respiration haletante, et son sexe la remplissant toujours entièrement, Stephanie l'embrassa tendrement et soupira tandis que les endorphines de bonheur affluaient vers ses extrémités et lui ôtaient toute énergie.

— C'était du très bon sexe hors de contrôle.

Blue caressa son cou en riant doucement.

— Je pensais avoir réussi à me contrôler. La prochaine fois, on ira jusqu'à perdre le contrôle.

Que Dieu lui vienne en aide.

— Fais-moi d'abord un câlin, parce que mon popotin me picote tellement qu'il va me falloir du temps avant que mon sang circule à nouveau normalement, sinon je risque de m'évanouir.

— Je ne peux pas te laisser t'évanouir, acquiesça-t-il en riant et en lui tapotant les fesses. Pauvre popotin.

Il roula sur lui-même, et la plaça sur lui. Tandis que la pulsation de son entrejambe se calmait lentement,

Stephanie pressa ses paumes contre le torse de Blue et étudia son visage.

Son expression traduisait un grand bonheur.

Elle l'embrassa doucement, puis posa sa tête et se concentra sur sa respiration profonde et régulière. Elle avait des vérités à partager, mais ce moment... ce moment était trop important pour être gâché.

15

___

Blue fut réveillé par un son doux et aigu. Il tendit l'oreille en restant immobile, par peur de déranger la femme dans ses bras.

Mais le bruit venait de Stephanie. À peine une heure après s'être endormie dans ses bras, elle frissonnait et remuait en gémissant. Lorsqu'elle se blottit plus fort contre lui, Blue jura doucement et la serra dans ses bras.

— Steph, ma chérie. Réveille-toi.

Elle gémit à nouveau en se débattant, comme si elle essayait de se débarrasser de quelque chose.

Blue la serra plus fort tout en lui secouant l'épaule.

— Steph, réveille-toi. Tu fais un mauvais rêve.

Elle haleta et le repoussa si violemment qu'il aurait eu des bleus s'il n'avait pas été un métamorphe.

— Non. Jamais, s'écria-t-elle en reculant avec force.

— C'est Blue. Je suis là, dit-il en la laissant libre de s'échapper si c'était ce dont elle avait besoin.

Trop lent, dit son loup d'un ton affolé. *Laisse-moi faire*, ajouta-t-il d'un ton de reproche.

Blue fut alors pris d'un sentiment inconfortable. Une

sensation similaire à celle qu'il ressentait lorsqu'il se transformait, sauf qu'il avait toujours ses deux jambes et qu'il était sous forme humaine.

Steph ouvrit brusquement les yeux, la bouche légèrement arrondie alors qu'elle s'efforçait de se concentrer sur lui.

— Blue ?

— Oui, mon cœur. C'est moi. Tu es en sécurité. Tu faisais un cauchemar.

— Ce n'était pas un cauchemar, dit-elle en grimaçant. Je t'ai entendu.

— Parce que je suis juste là.

Steph se redressa sur un coude et inspecta la pièce. Puis elle soupira de soulagement en se tournant vers lui, un pli entre ses sourcils, mais au moins elle ne tremblait plus.

— Non, je t'ai entendu. Ici, ajouta-t-elle en se tapotant la tempe.

Impossible, se dit Blue en se concentrant sur le plus important :

— Tu vas bien ? Quelque chose t'a fait peur.

— Un vieux... cauchemar, expliqua-t-elle avant d'écarquiller les yeux. Oh.

Elle examina ses lèvres et ajouta :

— Tu ne parles pas, mais tu me parles.

Blue fronça les sourcils.

— Quoi ?

Je m'occupe de notre compagne, déclara son loup à Blue. *Si elle n'est pas seule, elle n'aura pas peur.*

Oh merde, encore des tours bizarres de métamorphe.

— Mon loup te parle ? Qu'est-ce qu'il te dit ?

— Il dit qu'il sera là pour moi jusqu'à ce qu'on s'unisse pleinement.

Blue était certain que son visage traduisait une confusion et une incrédulité égale à celle de Stephanie.

— Ce n'est pas quelque chose d'habituel, dit-il. Je veux dire, je sais que parler d'esprit à esprit est possible entre compagnons, mais je n'entends pas ce qu'il te dit.

Tu n'as pas besoin d'entendre. Stephanie avait besoin de moi, alors je suis venu. Je m'occupe de ce côté-ci, occupe-toi du tien.

Merci de ta sollicitude, rétorqua Blue, *mais agir en solo comme tu le fais ne m'aide pas vraiment.*

Elle n'a plus peur. Son loup jubilait presque en disant ça.

Blue repoussa sa frustration et prit la main de Steph.

— Les tours de magie de mon loup Omega mis à part, est-ce que ça va ?

— Je pense que oui.

Elle se redressa, s'adossa à la tête de lit et replia les draps autour d'elle comme une toge. Dommage, parce qu'il adorait la voir nue. Par contre, effrayée, non. Elle marqua une pause, comme si elle écoutait une voix qu'il ne pouvait pas entendre.

— Ce n'est pas courant ?

— Non. Il semblerait que ce soit unique. Toi et moi.

Elle hocha lentement la tête comme si elle réfléchissait.

— Toi et moi. On a couché ensemble, mais on n'est pas encore des compagnons. C'est ce que le Blue poilu a dit.

Il secoua la tête.

— Non, effectivement. C'était juste d'incroyables rapports sexuels. En tout cas, de mon point de vue.

Malgré sa confusion, elle sentit l'amusement la gagner.

— Plus qu'incroyables. Mais bien que notre union ne soit pas complète, ton loup est quand même dans ma tête.

— Il semblerait.

— Je vois, dit-elle en prenant une profonde inspiration. Je vois.

Pas vraiment, mais il devait faire semblant pour le moment.

— Tu veux te lever ? T'habiller et rentrer ? demanda-t-il en espérant que la réponse soit non. Tu veux un massage du dos, ou ce massage des pieds que je te dois ?

Elle se redressa comme si elle se préparait à la bataille.

— Je veux parler si tu es d'accord. J'ai quelque chose à te dire. BP dit que c'est important.

— BP ?

— Blue Poilu.

— Il commence à me gonfler celui-là, rétorqua Blue avec un reniflement d'ennui.

— Vous êtes un couple parfait, dit Steph en se mordillant la lèvre. Je ne voulais pas te le dire, mais ça me hante depuis le moment où tu as dit qu'on était compagnons.

Voilà qui semblait inquiétant.

— J'en suis désolé.

Elle secoua la tête.

— Tu n'as rien fait de mal. Mais les filles m'ont parlé de leurs relations avec leurs compagnons, et...

Elle s'était recroquevillée sur elle-même en parlant, mais une fois de plus, elle se força à se redresser comme si elle se forçait à être courageuse.

— J'ai fait des choses dans le passé que je n'ai jamais dites à personne. Et j'ai peur que les gens le sachent (elle croisa à nouveau son regard), que tu le saches et que tu aies une moins bonne opinion de moi. Que tu sois horrifié ou dégoûté.

Une lueur d'espoir illumina le cœur de Blue.

— Steph ? Tu sais que j'ai servi dans l'armée pendant un certain temps, n'est-ce pas ?

Elle hocha la tête.

— Tu nous as raconté plusieurs anecdotes au coin du feu.

— Je vous ai raconté la version grand public. Les endroits où nous avons voyagé, plutôt que les choses que j'ai vues et faites.

— Les affaires militaires ne sont généralement pas très agréables, dit-elle avant de déglutir. Tu es un homme honorable, métamorphe.

— J'essaie de l'être. Mais j'étais un métamorphe qui avait des missions dangereuses à accomplir. Je n'ai jamais abandonné mon équipe, ce qui implique qu'il y a eu des moments et des actes dont je n'aime pas me souvenir.

— Alors ne le fais pas, dit-elle avant de grimacer. Sauf que je sais que c'est plus facile à dire qu'à faire. C'est impossible de ne pas penser à certaines choses. Mais Blue, je ne te jugerai jamais pour ce que tu as fait durant cette période.

— Merci, dit-il avant d'abaisser la voix jusqu'à une caresse. Alors pourquoi est-ce que tu as l'air de te juger toi-même ?

En plein dans le mille. Steph prit une inspiration si profonde qu'elle parut prête à éclater, avant de se dégonfler en expirant.

— Je ne regrette pas ce que j'ai fait, mais j'aurais préféré que ça ne se soit jamais produit. Est-ce que ça a du sens ?

— Complètement.

Pris d'une impulsion, il se leva et alla chercher une chemise dans le placard qu'il lui lança.

— Enfile ça. Il nous faut un bon chocolat chaud avec de

l'alcool, et un bon feu devant lequel nous blottir. Et ensuite, je te tiendrai dans mes bras jusqu'à ce que tu saches que je suis tout à toi, que BP est à toi, que tu peux tout nous dire, et que ça ne changera jamais la force de notre amour.

Elle posa une main sur sa poitrine, les yeux emplis de larmes.

— Alors tu m'aimes ?

— C'est ça, dit-il en se penchant pour essuyer avec douceur une larme.

Puis il recula pour enfiler un boxer et ajouta :

— Parce que nous sommes compagnons, mais avant tout parce que nous sommes plus que des amis. Oui, je t'aime. Je t'adore, je te désire et j'ai envie de toi. Maintenant, habille-toi parce que j'ai hâte de te tenir dans mes bras.

Elle riait en enfilant sa chemise. Puis elle lui prit la main et le suivit au salon.

Tandis qu'ils préparaient leurs chocolats et allumaient un feu, Stephanie réfléchissait. Les paroles de Blue martelaient sa conscience coupable avec l'enthousiasme d'un pivert creusant dans une vieille souche à la recherche d'insectes.

Il avait raison.

Elle ne le jugeait pas pour ses actes ayant permis à ses coéquipiers de rester en vie. Alors pourquoi laissait-elle sa propre vérité la tourmenter ?

Parce que tu n'aurais jamais dû avoir à faire ça.

La voix dans sa tête était profonde et bienveillante.

Savoir que c'était le loup de Blue – et donc Blue – qui lui parlait l'apaisait, mais en même temps rendait cela plus étrange.

Tu sais ce que j'ai fait ? demanda Stephanie avec hésitation.

Pas dans les détails, mais je connais ton cœur. Tes émotions sont embrouillées. Soulagement, peur et force : tu es forte, Stephanie. Nous sommes heureux d'avoir une compagne forte.

Stephanie touilla le chocolat et y ajouta une généreuse dose de Baileys. Puis elle prit son courage à deux mains et rejoignit Blue devant le feu.

Il prit la tasse qu'elle lui tendit, la posa sur le côté puis tapota le tapis à sa gauche.

— Je t'ai gardé une place.

— Merci, mais je vois un meilleur endroit, déclara-t-elle en s'installant confortablement sur ses genoux et provoquant son rire.

— Fais comme chez toi, dit-il en l'embrassant sur la tempe. Et je le pense vraiment.

— Je sais. Je commence vraiment à comprendre, répondit Stephanie en posant sa tête sur son épaule. Tu étais soldat. Il existe une unité spéciale de métamorphes ?

— Certaines personnes le savent dans l'armée. Si tu veux tirer le meilleur parti de tes ressources, tu mets tes loups, tes chats et tes autres métamorphes dans la même unité et tu utilises leurs compétences, expliqua-t-il en lui caressant les cheveux.

Même si elle ne le regardait pas, elle ressentait quand même son émotion et sa profonde sincérité.

— Je suis heureux que cette époque soit derrière moi, mais c'est ce qui a fait de moi ce que je suis aujourd'hui.

Un écho de ce que Sophie avait dit plus tôt, à propos du passé qui était révolu mais qui était toujours important.

Elle se prépara, puis commença :

— Je suis une personne simple, Blue. Je ne suis pas très

intelligente, ni forte, ni créative. Je ne suis pas allée à l'université, mais j'ai toujours trouvé un moyen pour joindre les deux bouts. Faire des massages et des soins spas me rend heureuse et me permet de gagner ma vie. Mais surtout, ça me permet d'être là pour Stacy et Cassidy. Elles sont mon travail le plus important au quotidien. Être là pour elles, c'est ce qui compte le plus.

— J'en ai conscience. Tu les aimes inconditionnellement, et ça se voit.

Stephanie lui tapota le torse et se redressa pour pouvoir le regarder dans les yeux.

— Le premier mari de Stacy était un homme formidable. Comme il était souvent absent, notre groupe de filles a continué à fonctionner comme avant. Quand James est mort et qu'on a découvert que Colt était un métamorphe, ça nous a encore plus rapprochées.

Blue lui caressait les cheveux sans rien dire.

— Porter a changé ça. Je l'ai détesté dès la première minute où je l'ai vu. Quand il a essayé de nous séparer et d'isoler Stacy, j'ai compris que ce n'était pas normal. Stacy a fini par comprendre que son côté gentil était faux, et elle a fait ce qu'il fallait pour se protéger.

Mon Dieu, allait-elle vraiment lui dire le reste ? Tout lui dire ?

Tu dois le faire, Steph, dit Blue Poilu dans sa tête. *Nous t'aimons. Quoi qu'il arrive.*

J'ai peur, avoua-t-elle.

C'est normal d'avoir peur, mais pas d'être cruel envers soi-même. Continue. Nos bras sont assez forts pour te rattraper.

Stephanie croisa le regard de Blue. Il avait levé un sourcil en signe d'interrogation.

— Désolée. BP me donne des conseils.

— De bons conseils ?

— Oui. Il me dit de me ressaisir et de cracher le morceau.

N'importe quoi ! J'étais bien plus éloquent, protesta Blue Poilu.

Stephanie éclata de rire et serra les doigts de Blue.

— Bon, je me lance. Quand Stacy a présenté les papiers du divorce à Porter, j'ai su que ça ne se passerait pas bien. Je l'ai senti. Je crois que j'avais plus souvent vu des signes de son tempérament coléreux que Cass ou Stacy, parce que je me retrouvais toujours à passer près de lui quand il se lâchait. Je prenais un raccourci par une ruelle et je le trouvais en train de jurer et de casser des choses dans la cour arrière. Une fois, j'ai fait un boulot pour un voisin, et en rentrant, je l'ai vu qui détruisait le jardin de Stacy à coup de machette, comme s'il était dans la jungle, le visage marbré de rage. Il a raconté à Stacy que c'était des vandales, mais je lui ai dit la vérité, et je pense que c'est à ce moment-là qu'elle a réalisé qu'elle devait partir.

L'expression de Blue se durcit.

— C'était une journée terrible, la tempête faisait rage. Cassidy et moi étions à la maison pour soutenir et protéger Stacy. Cassidy avait une amie dans la police qui avait accepté d'être là, au cas où. Imagine-nous, toutes les trois avec l'une en uniforme de police, alignées pour que Porter ne fasse rien de stupide quand Stacy lui remettrait les papiers.

— Et les enfants ? Il y avait juste Colt et Blaze à l'époque, c'est ça ?

— Oui. On les avait mis en sécurité en les envoyant jouer chez une amie. Et j'en suis très contente, parce que si tu avais vu le visage de Porter...

Les souvenirs se bousculaient, plus clairs que jamais.

— S'il avait pu étrangler Stacy, il l'aurait fait.

— Je pensais que Porter avait pris les papiers du divorce et qu'il était parti. Qu'on ne l'a plus revu depuis.

— Je l'ai suivi, avoua-t-elle.

Blue se redressa.

— Quoi ?

— Il a souri avec tristesse – mais ça faisait tellement faux – et a dit qu'il comprenait, puis il est parti calmement. Cassidy et Jen sont restées avec Stacy, mais j'ai senti que quelque chose n'allait pas, alors je l'ai suivi en douce. Il pleuvait si fort que j'étais trempée en quelques secondes. Le tonnerre faisait trembler la maison. J'ai repéré Porter qui se glissait dans le cabanon de jardin.

Blue était figé, les muscles tendus.

— Steph.

Il fallait qu'elle termine maintenant. Il fallait qu'elle sorte tout ça.

— La porte était entrouverte, alors j'ai jeté un œil à l'intérieur et j'ai vu qu'il sortait un pistolet d'un tiroir. J'ai dû faire du bruit parce qu'il s'est retourné et s'est jeté sur moi. Il m'a attrapée par le poignet et m'a tirée dans le hangar.

En fermant les yeux, elle revoyait clairement la scène. La rage et la colère de Porter... ainsi que son désir à l'instant où son regard s'était posé sur elle.

Montre-moi, ordonna Blue Poilu. *Je suis là. Tu es en sécurité.*

Et soudain, Stephanie se retrouva à deux endroits en même temps. Elle savait que les bras de Blue étaient autour d'elle, et que BP était dans sa tête avec sa voix calme et grave telle une étreinte.

Mais elle était aussi de retour là-bas, à l'époque où elle était entrée dans le cabanon parce qu'elle avait compris que Porter avait prévu de tuer sa sœur.

— Tu n'aurais pas dû venir ici, dit le Porter de ses souvenirs. Tu aurais pu mourir rapidement avec les autres. Tous sauf Colt, bien sûr. Ce gamin va se transformer en loup un jour, et je vais découvrir comment. Mais puisque tu es là, avant de me débarrasser des autres, autant m'amuser un peu d'abord.

Il la tira brusquement vers lui.

Stephanie agit sans réfléchir. Il avait peut-être saisi fermement sa main droite, mais tant pis. La table à sa gauche était couverte de petits pots de fleurs et d'outils de jardinage. Elle tâtonna et saisit quelque chose de dur et de froid. Un petit râteau et une truelle tombèrent au sol, des pots en plastique s'envolèrent tandis qu'elle enfonçait le couteau désherbeur tranchant dans le corps de Porter, d'abord son ventre puis vers le haut, de toutes ses forces.

Les yeux de Porter s'écarquillèrent et il rugit de douleur.

Stephanie serra fermement l'outil et le tourna vers ses poumons avant de le sortir d'un coup sec.

— Jamais tu ne toucheras à ma sœur, à mes neveux, ou à mes amies. Tu n'en toucheras plus jamais aucun.

Elle recula et évita sa main qui cherchait à la saisir. Au-dessus de sa tête, des éclairs illuminèrent la fenêtre. Le tonnerre résonna dans le petit espace, noyant les cris de douleur de Porter.

Il tomba au sol, les mains sur le ventre, tandis que le sang coulait entre ses doigts. Stephanie renversa une étagère remplie de sacs de terreau sur Porter, avant que l'énorme meuble se renverse au sol.

Elle se souvint d'être restée là à attendre en silence,

certaine qu'il rugirait à nouveau et se lèverait comme un monstre pour la tuer avant d'achever sa famille.

Le tonnerre et la foudre continuèrent à s'abattre durant une dizaine de minutes avant qu'elle voie une ligne de sang couler sous l'étagère renversée. Ses propres mains étaient couvertes de sang, rougeoyant sous les éclairs argentés qui éclairaient la pièce.

Je suis là. Tu n'es pas seule.

Les paroles de BP brisèrent la magie, et Stephanie prit lentement conscience de l'ici et maintenant. Les souvenirs s'estompèrent, les images disparurent.

— Tu les as sauvés, murmura Blue ému contre sa tempe en la serrant avec force. Et tu t'es sauvée. Mon Dieu, Steph. Tu as été si courageuse.

— Je l'ai tué.

Ses mains étaient couvertes de sang. Ses ongles étaient cassés et abîmés au moment où elle avait fini de s'occuper de son corps.

— J'ai transporté son corps dans son pick-up, j'ai monté ma mobylette à l'arrière, puis j'ai remis de l'ordre dans le cabanon. J'ai appelé Stacy pour lui dire que j'avais du travail – elle pensait que je parlais de massage, je suppose. Puis je suis partie.

C'était ce qui la hantait le plus : la facilité avec laquelle elle avait été capable de tout planifier.

— Où l'as-tu caché ? demanda doucement Blue.

— Nous avions un ami qui possédait une maison dans la région des lacs. Ce n'est pas un endroit agréable : c'est très isolé et reculé. J'ai trafiqué le pick-up avec le corps de Porter à l'intérieur pour qu'il coule du côté sauvage et pas fréquenté du lac.

Elle regarda Blue avant de poursuivre :

— Le tuer a été impulsif et instinctif. Mais tout le reste,

je l'ai fait consciemment. Je l'ai caché. J'ai planifié et réfléchi à la façon de ne pas être prise. Il m'a fallu des heures pour me rendre au chalet et je n'ai jamais envisagé d'abandonner. Je savais que la seule façon pour qu'on soit tous en sécurité, c'était que Porter soit mort, et comme Colt était un métamorphe... je ne pouvais pas prendre le risque de faire intervenir la police. J'ai même falsifié la signature de Porter sur les papiers du divorce. J'ai dit à Stacy que je veillerais à ce qu'il les signe.

Il sembla un instant sur le point de protester, puis se ravisa et hocha lentement la tête.

— Ça ne veut pas dire que ce que tu as fait est mal. Pas de mon point de vue.

Elle sentit soudain l'épuisement la recouvrir telle une lourde couverture. Pourtant en observant son visage, elle ne put s'empêcher de l'interroger.

— Tu m'aimes toujours ? demanda-t-elle d'une voix tremblante comme si elle était au bord des larmes.

Peut-être était-ce le cas. Le perdre maintenant la détruirait.

Blue posa une main puissante sur la joue de Steph.

— Je t'aime encore plus qu'avant. Et demain, j'apprendrai une autre raison de t'aimer davantage. Ça ne va pas disparaître, Steph. Cette chose entre nous ne fera que grandir.

Les humains utilisent tellement de mots, se plaignit BP. *Notre amour est éternel. Point final.*

Le cœur de Stephanie s'était gonflé de bonheur face aux douces paroles de Blue, mais elle éclata de rire devant la franchise laconique de BP.

Elle jeta ses bras autour du cou de Blue.

— Je t'aime aussi, dit-elle avant d'éclater en sanglot.

Elle pleura pour tous ces jours, ces mois et ces années

qu'elle avait dû garder en elle. Pour le poids qu'elle avait dû porter et qu'elle pouvait à présent partager. Elle se débarrassa de la culpabilité et accepta à la place, l'amour qui lui était offert.

Elle avançait, un reniflement à la fois.

16

___

*B*lue serra Stephanie dans ses bras jusqu'à ce qu'elle finisse par s'écarter. Puis il l'embrassa tendrement et l'envoya sous la douche.

— Sèche tes larmes. Je vais préparer le prochain épisode de notre drame journalier.

— Il y aura des disputes ? Génial, dit-elle avant d'hésiter. Tu ne vas pas le dire à Jace, n'est-ce pas ? N'y a-t-il pas une règle sur le fait de ne pas avoir de secrets pour son Alpha ?

Enfin quelque chose qui pourrait la rassurer complètement.

— Tu l'as peut-être remarqué, mais je suis en quelque sorte en dehors des règles. Ce qui veut dire qu'en tant que compagne, toi aussi, dit-il en la prenant dans ses bras. Personne n'a besoin de connaître les détails. Si je dis que je sais que Porter est hors-jeu, je n'aurai pas besoin d'en dire davantage. J'utiliserai cependant mes contacts pour m'assurer que la voiture et le corps de Porter ne soient jamais retrouvés. Tu es d'accord ?

Son visage était blême, mais le soulagement qui se dégageait d'elle était presque palpable.

— Merci, dit-elle avant de disparaître dans la chambre.

Blue se laissa alors tomber sur le canapé.

Merde alors.

Notre compagne est incroyable.

Elle l'est vraiment, Blue Poilu, acquiesça Blue.

Son loup renifla avec dédain. *Vous, les humains, vous dépensez bien trop d'énergie à donner des noms à tout.*

Ça facilite les choses. Je peux faire la différence entre mes excellentes opinions et les opinions bidon de BP, rétorqua Blue avant de s'effondrer, les bras écartés, en regardant le plafond. *Super. Maintenant, je me parle à moi-même.*

Je suis dans le même bateau, se plaignit son loup. *Et de nous deux, je suis bien moins susceptible de dire des conneries.*

Le reste de la soirée se déroula dans une douce ambiance et de nouveaux ébats amoureux. Ni Blue ni son loup n'incitèrent Steph à l'accepter complètement. Bien sûr, elle lui avait avoué le secret qu'elle craignait qu'il découvre par accident, mais ça ne voulait pas dire qu'elle était prête à s'engager.

Les jours suivants lui prouvèrent que c'était le bon choix. Steph prenait progressivement confiance, et devenait plus forte. Comme si elle acceptait qu'ils soient compagnons et qu'elle soit digne d'être aimée.

Pour le reste, rien n'avait vraiment changé. Blue se glissait dans sa chambre au lodge la nuit, ou Stephanie le rejoignait dans son cottage. Sa maison était un peu trop loin pour le moment, mais il se voyait bien y vivre avec elle un jour, et cette pensée le réchauffait de l'intérieur comme de l'extérieur.

Tu sais, les mâles métamorphes sont assez basiques, dit-il à son loup. *J'aime l'idée d'avoir Steph sur mon territoire.*

Bientôt, dit son loup. *Et je suis d'accord. Nous pourrons mieux la protéger à la maison. Et ses amis ne seront pas loin, mais pas assez près pour m'interrompre lorsque je me fais caresser.*

Tu es pourri gâté.

Mais Blue appréciait également les moments que Steph passait avec son loup. Elle n'était visiblement pas effrayée, ce qui était génial. Les moments étranges où son loup parlait en privé avec Stephanie continuaient. Blue se rendit compte qu'il pouvait l'entendre quand cela se produisait – comme un léger bourdonnement au fond de son cerveau –, mais il n'avait jamais la moindre idée de ce qui se disait.

Mercredi matin, Jace le surprit en train de descendre les escaliers. Son cousin lui fit signe de le suivre dans l'entrée. C'était l'un des rares moments où il n'y avait personne au lodge.

Steph ronflait encore. Un joli bourdonnement qu'elle émettait chaque fois qu'il lui faisait l'amour, ce qui arrivait souvent.

Jace s'esclaffa.

— Je ne prendrai pas la peine de te demander comment tu vas. Le sourire et l'odeur du sexe en disent long.

— Tu te regardes dans un miroir ces derniers temps ? le taquina Blue.

— Oui. On a vraiment de la chance, non ? rétorqua Jace avant que son expression se durcisse. Je voulais te parler de notre conversation d'il y a quelques jours. Tu es sûr que Porter est neutralisé ? Ton Omega ou quelle que soit la magie que tu as utilisée pour le découvrir, en est absolument certain ?

— Mon Omega est formel.

Ce n'était pas un mensonge. Quelle que soit la façon dont leur union se déroulerait, Steph prendrait sa position dans la meute. De cela, son Omega en était certain. Mais le regard bleu de Jace semblait curieux.

— Pourquoi ? demanda Blue.

— Dwight. On le surveille 24 heures sur 24, 7 jours sur 7. Il ne bouge pas du cottage et il ne s'est rien passé de suspect. En fait, il ne fait absolument rien de suspect.

Intéressant.

— Du genre ?

— Il ne fait que des activités touristiques. La gondole, les boutiques de Main Street. Il a pagayé dans un foutu canoë pendant trois heures. Oh, excuse-moi, deux heures et cinquante-sept minutes, pour ne pas payer d'heures supplémentaires.

— Il n'a pas l'air dangereux, approuva Blue. Que dirais-tu d'une approche directe ?

Jace hocha la tête.

— Je pense que Del et Angie devraient le croiser par hasard, puisque c'est au cabinet d'avocats qu'il a envoyé ses e-mails.

— Ça me va, dit Blue en réfléchissant à l'arme que Porter avait prévu d'utiliser. Assure-toi qu'ils aient des renforts sous forme de loup et que la rencontre se déroule loin des civils.

L'expression de son Alpha disait très clairement qu'il savait que Blue ne disait pas tout. Mais il hocha simplement la tête.

— Très bien.

Soudain, quelqu'un frappa à la porte massive du lodge.

— J'arrive, dirent deux voix, l'une provenant des escaliers et l'autre de la cuisine.

— Je vous bats toutes les deux, dit Blue.

Il se mit à rire en voyant apparaître une Steph ébouriffée et une Sophie aux joues très roses, mais se calma en ouvrant la porte. Là se tenait un homme dont il reconnut instantanément l'odeur.

François.

Bel homme, avec une barbe et une moustache grises soigneusement taillées. Il tenait un énorme bouquet de fleurs qu'il tendit à Stephanie avec un sourire suave.

Blue grogna. Jace grogna.

Steph grogna.

Les trois hommes se tournèrent vers elle. François se figea, le bras tendu.

Le métamorphe puma prit une profonde inspiration. Ses yeux s'écarquillèrent et son regard passa de Stephanie à Blue tandis que les fleurs pointèrent vers le sol.

— Eh bien, *merde*[1].

À cet instant, Dixie toute rieuse, se précipita dans le hall en battant des mains de joie.

— Oh, les jolies fleurs.

Heureusement, le chat se ressaisit à une vitesse fulgurante, car Blue n'avait aucune envie de lui arracher les membres aujourd'hui.

— Elles doivent donc revenir à la plus belle fille de la pièce, dit-il.

Il capta rapidement le regard de Sophie, et quand celle-ci acquiesça, il présenta le bouquet avec panache à Dixie.

— Pour toi, *ma petite*[2] ... Pour fêter ta nouvelle famille.

— Merci, répondit-elle avec douceur en lui faisant un baiser mouillé sur la joue.

---

1. En français dans le texte.
2. En français dans le texte.

Puis elle poussa un cri perçant en disparaissant presque sous l'énorme bouquet.

— Maman, regarde ce que le chaton m'a donné.

François renifla avec dédain et se redressa élégamment.

— Chaton. Vraiment.

Steph se lova dans les bras de Blue, une main posée sur son torse, et le caressa avec familiarité. Une position qui rendait également difficile d'attraper le chat par la gorge.

— François. Merci d'être venu. Veux-tu voir où nous avons placé tes œuvres ?

Aucune mention de son cadeau destiné à la séduire. Une femme brillante, car de cette façon, l'artiste put feindre qu'il ne s'était rien passé.

Une heure plus tard, lorsque la porte se referma sur le chat, Blue en était toujours très heureux. Une fois qu'il eut quitté l'endroit au volant de sa voiture de luxe, Steph entraîna Blue vers leurs chaises préférées, sur le porche.

— Sympa le grognement, lui dit-il. Je t'adore.

Steph laissa son bonheur transparaître dans son large sourire.

— BP dit que tu voulais refaire le portrait de François, ce qui n'était pas une bonne idée. Et je ne voulais pas non plus que Jace le fasse.

— Tu étais parfaite, dit-il avant de murmurer à son loup : *rapporteur*.

Steph avait ce regard. Celui qui disait que BP lui parlait. Elle renifla puis croisa le regard de Blue.

— BP dit que lui aussi voulait mettre en pièce ce félin miteux. Mais je m'en doutais un peu.

Blue poussa un soupir.

— Eh bien, je suis content que ce soit réglé.

Sa compagne le regarda avec suspicion.

— Ok. Qu'est-ce qui ne va pas ?

Merde. Il la regarda, les yeux plissés.

— Est-ce que tu me Omega ?

— Je te « compagnons à l'essai », répondit-elle. Crache le morceau, Blue.

— BP, dit-il avant de jurer. Tu maîtrises parfaitement le don Omega de faire avouer les secrets, dis donc.

Steph se glissa de sa chaise et s'installa entre ses genoux, les mains sur ses cuisses.

— J'ai bien peur de devoir t'avouer que je l'ai toujours eu. C'est grâce au Reiki, au massage et à la définition des intentions que j'ai passé des années à apprendre. Il s'agit simplement d'écouter attentivement, expliqua-t-elle en lui caressant la joue. Dis-moi.

— Le fait que Blue Poilu agisse séparément de moi est inconfortable, admit-il.

En voyant ses yeux s'écarquiller d'inquiétude, il s'empressa de la rassurer.

— Pas le fait que tu parles à mon loup. Et ça ne me fait pas non plus mal physiquement.

C'était le petit garçon en lui qui parlait, celui qui avait été blessé par des gens bien intentionnés cherchant à le protéger, ce qui était freudien au plus haut point. Sa plainte allait paraître tellement puérile.

Dis-lui, ordonna son loup.

Ou tu le feras ? se demanda Blue, aussi bizarre que cela puisse paraître.

C'est ton histoire. C'est ce qui te définit, tu te souviens ? dit son loup avant de gâcher sa tentative de réconfort en ajoutant : *Et puis ce n'est pas moi qui suis traumatisé par des histoires d'humains insignifiantes.*

Pauvre abruti.

On l'est tous les deux, déclara son loup avec une incroyable lucidité.

Blue se concentra sur Stephanie et vit qu'elle semblait confuse. Pourtant elle sourit, amusée.

— Qu'est-ce que BP t'a dit ? demanda-t-il, lassé de poser cette question impossible.

— Que vous étiez en réunion, et que tu seras de retour dès qu'il t'aura fait entendre raison, dit-elle en lui caressant le visage du bout des doigts. Mais je ne veux pas que tu cèdes à la pression de tes pairs. Même s'il s'agit de toi-même.

Blue s'esclaffa.

— Je suis pénible. Toujours des ennuis.

Elle l'embrassa sur les lèvres. Un rapide baiser possessif.

— Il semblerait que vous soyez tous les deux *mes* ennuis. Parle-moi.

Il l'entoura de ses bras.

— Je suis jaloux d'être exclu quand vous partagez vos secrets. Mais je ne veux pas t'en empêcher parce que tu as besoin de ces moments. Si tu peux parler à mon autre moi, ça reste toujours quelqu'un qui t'aime, alors comment pourrais-je en être contrarié ?

— Parce que les sentiments n'ont pas besoin d'avoir de sens pour être réels, dit Steph avec douceur. Et puis tout ce truc où il y a juste toi ou juste BP qui me parle, alors qu'en réalité c'est simplement toi... Ce n'est pas banal, Blue. N'essaie pas de faire comme si ça l'était et que tu avais toutes les réponses.

— C'est vrai. C'est pour ça que même si je me sens ridicule de me plaindre, je préfère te le dire.

Il l'aida à se relever et l'installa face à lui, à califourchon sur ses genoux.

— N'arrête pas de parler à Blue Poilu pour m'épargner un peu d'inconfort.

— Ne garde pas ton malaise pour toi et laisse-moi mieux

te caresser, dit-elle en passant ses bras autour de ses épaules. On est dans la même galère, d'accord ?

— Le même délire, oui.

Ils restèrent ainsi, front contre front. Silencieux, mais ensemble. Un autre lien entre eux. Une autre étape dans leur vie.

— Prenez une chambre, lança Del en montant les marches.

— Excellente idée, répondit Blue en se levant.

Il souleva Steph sur son dos alors qu'ils riaient tous les deux.

— Accroche-toi, ordonna-t-il.

Puis il partit en courant vers sa maison en ville, profiter pleinement de sa compagne.

Vers le milieu de l'après-midi, ils avaient fait l'amour, une pause déjeuner et encore l'amour.

— Il faut vraiment qu'on aille rejoindre les autres, dit Stephanie en essayant d'échapper aux mains de Blue. Tu vas devoir me laisser m'habiller.

— Ce sont tous des métamorphes. Reste nue, dit Blue avant de réfléchir. Attends. Tu as raison. Couvre-toi.

Il lui lança sa chemise de bûcheron rose et rouge, et elle rit en l'enfilant.

— Tu viens de te rendre compte que si je suis nue, tout le monde pourra me voir ?

— Oui, marmonna-t-il en enfilant ses propres vêtements qui étaient éparpillés au sol, là où il les avait jetés la dernière fois qu'ils s'étaient déshabillés.

— Ils ont tous leurs propres compagnes, fit remarquer Stephanie.

Blue haussa un sourcil.

— N'essaie pas de t'en sortir par la logique. Porte ma chemise. Ça me rend heureux.

Ce qui était un argument suffisant en soi, décida Stephanie en marchant main dans la main avec Blue vers le lodge.

Un groupe s'était rassemblé près du braséro, leur clubhouse officieux, semblait-il. Les amies de Steph étaient assises à la table avec des rafraîchissements, et préparaient le dîner. Les hommes transportaient du bois de chauffage pour le braséro. Les enfants couraient en rond autour de Marvin, qui avait apparemment été retiré de ses tâches de garde d'enfants, car il avait repris sa forme d'élan et attendait patiemment que Dixie descende de son dos.

En d'autres termes, c'était un chaos heureux que Stephanie avait appris à connaître et à aimer.

Pour une raison inconnue, Jace, Del et Lance faisaient de grands pas dans la cour, torses nus. Blue embrassa rapidement Steph et retira sa propre chemise.

— Tiens-moi ça. Mes frères m'ont convoqué, dit-il en s'élançant vers eux.

Elle enfila la chemise supplémentaire comme une veste et alla retrouver les femmes.

— Belle morsure d'amour, Sophie.

— Merci, dit la jeune femme en souriant fièrement.

— Lance en a un sur le pectoral, et il a retiré son T-shirt pour que les hommes la voient, déclara Cassidy en montrant du doigt le quatuor torse nu qui revenait les bras chargés de bois. Et ça s'est terminé par une démonstration de groupe machiste.

Stacy haussa un sourcil.

— Je dois améliorer ma technique de morsure.

Steph aussi. Bien que... les dents signifiaient aussi l'union. Elle se rapprochait, mais...

Tu peux nous mordre sans t'unir, lui assura BP. *Nous aimons être mordu. Mords-lui l'oreille et Blue va perdre la tête.*

Voilà une information qu'elle voulait et ne voulait pas à la fois.

S'il te plaît, ne me raconte pas de trucs sur le sexe. Parler au côté poilu de Blue est déjà assez bizarre comme ça.

Humaine stupide.

Cela fut dit avec tant d'affection que Stephanie en sentit la chaleur jusqu'à ses orteils.

— Tata Steph ? dit Blaze en lui tirant sur la main.

Elle lui ébouriffa le haut de la tête.

— Oui, mon petit ?

— Comment empêcher un loup de hurler dans le noir ?

Elle réfléchit.

— Hmm, c'est une question difficile. Aucune idée.

— Allume les lumières, dit Blaze. Tu as une drôle de tête, tata Steph. Où est Blue ? J'en ai une pour lui aussi.

— Blue est juste là, déclara celui-ci en s'agenouillant face au garçonnet. Comment ça va ?

Blaze fronça les sourcils en examinant le torse nu de Blue, puis des autres hommes qui discutaient à moitié nus.

— Maman dit qu'on doit porter des vêtements parce que c'est presque l'hiver.

— Ta mère a raison, dit Stephanie en rendant sa chemise à Blue, qui l'enfila sans rien dire. Autre chose ?

Son neveu ouvrit la bouche avec empressement, puis ses yeux s'écarquillèrent et il se cacha derrière Blue.

— Oh, non. C'est elle.

Stephanie se retourna pour regarder dans la direction de Blaze.

— Merde, dit Blue en se relevant aussitôt.

De l'autre côté de la pelouse, une femme âgée s'avançait gracieusement vers eux. Elle portait un élégant tailleur bleu et tenait une petite pochette blanc nacré. Mais ce n'était pas elle le problème : c'était la jeune femme qui marchait hardiment à ses côtés. Tous se mirent à jurer.

— Elle n'est pas censée être ici, murmura Stephanie.

En effet, Emma avait été bannie il y a un peu plus d'un mois après avoir essayé de tous les tuer.

Stacy plaça ses fils derrière elle et fit un pas en avant.

— Emma Wilson. Que fais-tu ici ? demanda-t-elle d'un ton autoritaire.

C'était probablement à Jace de le faire, mais Stacy avait ses raisons, car c'était elle qui avait fait fuir Emma la dernière fois.

Cependant, ce fut la vieille dame qui leva la main pour prendre la parole :

— Mes excuses, Alphas de la meute Jasper. Étant donné que j'ai reçu l'autorité de décider du destin final de Timberwolf, j'espérais que vous envisageriez une discussion.

Elle parlait d'un ton hautain, royal, même. Comme si pénétrer sur leur territoire en compagnie d'une paria était une bonne idée et ne posait aucun problème. Les protecteurs de la meute s'étaient tous mis en position défensive.

Que venait-elle de dire ? L'autorité de *décider* ...

La meute Wilson. C'était donc à cette femme de décider s'ils garderaient Timberwolf Lodge ?

Stephanie jeta un coup d'œil à Blue, mais il fixait Emma avec intensité, comme s'il essayait de lire dans ses pensées.

Jace hocha lentement la tête.

— Vous êtes la bienvenue, Ermeline.

Il leva un doigt et désigna Emma avant de poursuivre :

— Mais celle-là a été prévenue que la prochaine fois qu'elle poserait le pied sur notre territoire, elle serait condamnée à mort.

— À moins que la meute m'invite à revenir, Omega, rétorqua Emma en souriant à Blue. Ce qui, selon ma nièce, s'est produit à la journée pour adolescents. Merci beaucoup d'avoir lancé une invitation ouverte à tous les proches de Carolyn.

Blue qui se tenait devant Stephanie, raidit les épaules et jura à voix basse.

— C'est toi qui leur as fait cette offre ? demanda doucement Jace.

— Peut-être. Mais je voulais juste être poli. Ce n'était pas assez pour permettre à une paria de revenir en toute sécurité.

Jace hocha la tête et concentra son attention sur leurs visiteuses.

— Que nous vaut le plaisir de cette surprise inattendue ?

Ermeline étudia le lodge du regard.

— Être ici l'autre jour m'a rappelé l'époque où nous avions l'habitude d'organiser toutes sortes de défis à Timberwolf Lodge. Votre tante Rachel et votre oncle Jim organisaient des événements fantastiques. Je me demandais si vous prévoyiez de faire quelque chose de ce genre cette année ? Il est trop tard pour une fête d'automne, mais peut-être une fête d'hiver ?

Cassidy se tenait à présent aux côtés de Jace, les bras croisés sur la poitrine.

— Nous avons quelques idées.

Pour la première fois, une fissure apparut dans l'expression d'Ermeline ; un soupçon de ruse et de malice qui disparut avant même que Stephanie puisse confirmer l'avoir vu.

— J'adore le divertissement d'un véritable événement de loups. Les défis, la créativité...

— Les combats à mort, ajouta Emma avec désinvolture avant de battre doucement des cils à l'attention de Stacy. Contente de te revoir. Comment va ton petit garçon ? Tu crois qu'il aimerait jouer à cache-cache avec moi ?

Elle jeta un œil derrière Stacy et tenta d'établir un contact visuel avec Ace. En effet, elle s'était déjà servi de l'enfant dans une tentative folle de prendre le contrôle du lodge.

— Essaye, et tu auras plus qu'une morsure et une égratignure cette fois.

Le ton de Stacy était calme, mais il y avait de la glace dans sa voix.

— Salope, ricana Emma en montrant les dents. Tu ne me toucheras pas. Tu n'aurais pas eu le courage ni la force de le faire à l'époque.

Étonnamment, Ermeline prit immédiatement la parole pour gronder sa nièce.

— Arrête ça. Les loups civilisés montrent leur supériorité par un défi, pas par des paroles désagréables et de mauvaises manières. Vraiment, j'aurais pensé que tu savais déjà ça, Emma. J'ai honte de devoir rappeler une règle aussi basique à mes descendants.

Emma rougit, son embarras nourrissant sa colère. Mais elle répondit humblement :

— Oui, ma tante.

Le regard de la louve âgée se posa sur tout le groupe, hésita sur Blue, puis se posa à nouveau sur Cassidy.

— J'aimerais que vous organisiez un petit événement

cette année. Ça sera une façon pour vos loups de montrer leur force.

— Et est-ce que ça aura une importance décisive pour gagner Timberwolf Lodge ? demanda Cassidy.

Ermeline haussa les épaules.

— Un défi est toujours un bon moyen de découvrir qui mérite de gagner un trésor.

Emma se tourna vers sa tante et lui sourit.

— Je veux concourir. Je veux concourir pour pouvoir prouver que je suis la plus méritante.

La vieille femme la foudroya du regard sans se départir de son air supérieur.

— Pour quelqu'un qui n'est pas censé être là, tu imagines beaucoup de choses. Y compris mon intérêt pour ce que tu veux. Maintenant tais-toi.

Mais Emma poursuivit sur sa lancée.

— Mais, ma tante, tu dis toujours qu'un loup incapable de protéger sa terre ne devrait pas être autorisé à la garder. Alors pourquoi ne pas lancer le plus vieux des défis ? Et puis quoi de plus normal, ici, sur les terres de Timberwolf, d'avoir un défi entre la meute Jasper et Wilson.

Le silence s'abattit sur les loups rassemblés, tous mal à l'aise et déstabilisés.

— Quel est le plus vieux défi ? demanda doucement Stacy. Pour nous qui ne sommes pas au courant.

— Une variante de Capturez le Drapeau. Un groupe de trois défend, l'autre attaque. À la fin de la journée, celui qui aura gagné sera le vainqueur, dit Emma en posant délicatement une main sur le bras de sa tante. Les loups honorables utilisent souvent ce défi pour prouver leur valeur et monter dans la meute, car aucun membre de la direction n'est autorisé à concourir.

Cassidy se pencha vers Stephanie et murmura :

— Jace n'aime pas ça.

— Avons-nous le choix ? murmura Stephanie. C'est Ermeline qui décide si nous pouvons garder Timberwolf Lodge.

— C'est un risque.

— Y a-t-il un moyen d'y échapper ?

— Pas vraiment.

Blue qui regardait Jace avec attention, hocha la tête, puis s'avança.

— Nous acceptons le défi. Je serai le capitaine de l'équipe Timberwolf.

— Tu n'as pas voix au chapitre, lança Emma qui jubilait en prononçant ces mots. J'ai lancé le défi, tu as accepté. Maintenant, je choisis mon adversaire.

Un grognement sourd s'éleva parmi les loups rassemblés. Tous sauf Ermeline, qui semblait légèrement ennuyée par les détails.

Elle haussa les épaules.

— Protestez autant que vous voulez, mais Emma a raison. C'est ennuyeux, mais c'est comme ça. Emma, nomme ton adversaire. Le défi est prévu pour demain matin, à partir de 9 heures. Qui appelles-tu de la meute Jasper, Emma Wilson ?

Emma n'avait plus l'air droguée, mais la folie était toujours présente dans ses yeux. Elle s'avança et leva le doigt, le visage ivre de joie.

— Stephanie Nix.

La voix triomphante d'Emma résonna tandis que la peur submergeait Stephanie tel un barrage qui aurait éclaté. Accepter le défi d'une louve aux tendances meurtrières était une très mauvaise idée.

Attention, la prévient BP. *Tu fais partie de la meute, donc elle peut te choisir. Elle pense qu'elle est intelligente, mais elle ne te connaît pas comme nous.*

De toute évidence, la dangereuse louve s'attendait à ce que Stephanie refuse le défi. Peut-être s'agissait-il d'une ruse ? Si elle refusait, est-ce que cela signifiait une victoire immédiate pour Emma ?

Merci de me prévenir. Que dois-je faire maintenant ?

Dis-lui que tu acceptes. Attends... Il marqua une pause. *Dis-lui que si le défi est à compétences égales, tu acceptes.*

Stephanie ne demanda pas plus d'explications. Elle ignora Emma, et s'adressa directement à la vieille dame qui était la seule raison pour laquelle toutes ces bêtises avaient de la valeur.

— À compétences égales ?

— Bien sûr, répondit Ermeline avec un léger rictus.

À côté d'elle, Emma semblait furieuse, mais elle hocha la tête.

— D'accord.

— *Bien. Accepte et vire-les. Moins Emma en saura sur ce qui va suivre, mieux ça sera.*

La voix de BP était accompagnée de la sensation d'une main se glissant dans la sienne. C'était Blue, solide et puissant à ses côtés.

— Défi accepté. Veuillez partir maintenant. Lance vous raccompagnera.

Elle ne se soucia plus de mondanités, et si Emma ricana durant tout le trajet du retour, Stephanie s'en moqua éperdument.

Elle se tourna vers Blue et se concentra sur lui.

— Je suppose que je vais devoir jouer à des jeux de loup-garou ?

— C'était brillant, dit Blue en l'examinant attentivement. C'est BP qui t'a parlé de la partie compétences égales ?

Stephanie hocha la tête.

— Maintenant, explique-moi. J'ai simplement suivi ses instructions.

— Tu es incroyable. Ceux qui se combattent en face-à-face peuvent uniquement utiliser leur plus grand atout commun. Donc tu ne combattras pas Emma ou son équipe sous forme de loup. Seulement humaine, et sans armes.

C'était mieux que de s'inquiéter d'être mise en lambeaux par une Emma louve furieuse.

— Je peux y arriver.

— Tu vas réussir, déclara Jace avec assurance. Je le pense vraiment. Ne laisse pas l'idée du défi te faire paniquer. Ça n'a rien à voir avec l'affrontement qu'il y a eu entre Del et moi.

— Non, parce que Stephanie a plus de cervelle dans son petit doigt que vous deux réunis, déclara Cassidy en se rapprochant d'elle. Tu peux le faire. Je sais que tu en es capable. Il faut juste te trouver deux partenaires formidables.

— Je suis l'un d'eux, dit Blue qui lui tenait fermement la main. Ni Jace ni Del ne peuvent concourir, puisque les leaders sont exclus du défi. Je suis juste un Omega…

— Et tu es en dehors des règles, dit-elle en riant malgré les circonstances. Cher et doux Blue. Tu es toujours celui qui enfreint les règles, n'est-ce pas ?

— Pour toi, toujours.

— Tu es avec moi, confirma-t-elle en étudiant le reste des gens rassemblés.

Elle allait affronter des loups-garous pour protéger Timberwolf Lodge. Jace était hors-jeu, ainsi que Del. Lance était une possibilité…

Ne pense pas comme un loup. Réfléchis à tes options. Quel est ton but et qui peut le mieux t'aider à l'atteindre ?

Cette fois, ce n'était pas BP dans sa tête. C'était toutes les vidéos et les cours qu'elle avait suivis sur la nécessité de faire confiance à son intuition pour trouver la bonne voie.

Elle sut à l'instant où elle le vit.

— Seuls les membres de la meute peuvent participer au défi, n'est-ce pas ? Qui est considéré comme membre de la meute ?

Chacun réfléchit silencieusement à la question.

— Les loups nés dans la meute, dit Sophie.

— Les compagnons, ajouta Cassidy en désignant les couples présents.

Del réfléchit.

— Ceux acceptés comme membres de la famille. Certains parce qu'ils sont des amis de longue date, d'autres parce qu'ils s'occupent des personnes très âgées ou très jeunes.

Parfait. Stephanie émit un sifflement aigu et Marvin leva sa tête massive d'élan de là où il grignotait des joncs au bord du lac.

— Hé, Marvin. Tu as le temps demain pour m'aider à défendre le château contre une louve psychopathe infectée par la drogue qui a des illusions de grandeur ?

Marvin réfléchit un instant puis acquiesça, ses énormes bois se balançant à plus de deux mètres dans les airs.

Stephanie se tourna vers ses amis et sa famille. Sa meute.

— J'ai une équipe. Maintenant, que quelqu'un m'explique les règles, parce que même si ça ne me dérange pas de les enfreindre, j'aimerais savoir dans quoi je m'engage avant de blesser quelqu'un d'autre.

ELLE ÉTAIT INCROYABLE. Pendant tout le temps où Jace et Del passèrent en revue les règles et la stratégie, Stephanie resta attentive et posa de très bonnes questions. Elle remplit également la moitié d'un cahier de notes griffonnées et de minuscules croquis.

— Tu ne seras pas capable de voir ce que tu as écrit, protesta Blue en secouant la tête.

— Pas besoin. Le fait de l'écrire m'aide à m'en souvenir, répondit-elle en tirant la langue. Maintenant, tais-toi. Les grands méchants loups m'apprennent des choses.

— Nous apprenons tout autant de toi, dit Del avec douceur. Choisir Marvin était brillant. Emma ne s'en doutera pas.

— Emma le verra dès qu'elle mettra le pied sur la

pelouse du lodge. Je ne lui donne pas de grandes chances de survie dans une confrontation avec l'élan du lodge, dit Cassidy en faisant un high five à Steph.

Del avait raison. Les hommes pensaient trouver des stratégies pour protéger Steph, mais c'était elle qui enchaînait les idées fantastiques.

— Voyons si j'ai tout passé en revue, déclara Stephanie en posant le doigt à différents endroits de son carnet. L'équipe d'Emma ne pourra approcher le lodge que par la pelouse et le bord de lac, parce que vous allez organiser une énorme fête toute la journée sur le parking.

— Nous ne pouvons pas l'empêcher d'entrer, mais on peut crier si on la voit, convint Cassidy.

— Un cri « joyeux anniversaire » ne contredit pas les règles. Et il serait logique que je vienne voir, n'est-ce pas, puisque j'adore les gâteaux et tout ça ? déclara Marvin qui était assis dans son fauteuil à bascule habituel.

Il ne semblait pas vraiment concerné, sauf que Blue le connaissait bien. L'homme était un partenaire aussi solide qu'un roc. Considérant que l'élan pouvait courir aussi vite qu'un loup et presque deux fois plus vite qu'un humain, il représentait un excellent gardien en dernière ligne de défense.

Aucun loup solitaire ne s'approcherait volontairement d'un élan. C'était une condamnation à mort par sabots.

Steph hocha fermement la tête, tout en vérifiant ses notes.

— Blue et moi allons travailler sur le reste du périmètre. À un moment donné, Emma va essayer d'entrer en douce, mais on essayera de la repérer. On vérifiera la cabane dans les arbres, le hangar à bateaux et la tour de guet. Et on se déplacera en cercle le long du périmètre. Le premier qui la voit fait le plus de bruit possible. On la coince et on attend la fin du chronomètre.

— Blue a un excellent flair, alors n'ignore pas ses avertissements, lui rappela Del.

— OK. Un flair de première classe, dit-elle à Blue en plaisantant. Tu as un certificat ou quelque chose comme ça ?

— Ou quelque chose comme ça, rétorqua-t-il. Assez parlé. Il est temps de se reposer. Demain viendra bien assez tôt et Steph doit être prête.

Il leur fallut beaucoup de temps pour se séparer et se diriger vers des directions différentes. Steph s'isola pour parler à sa sœur et Cassidy, en privé.

Pendant qu'il attendait, les amis de Blue l'entourèrent. Del le regarda avec amusement.

— Quoi ?

Leur ancien Alpha devenu meneur haussa les épaules.

— Il y a un an, si quelqu'un m'avait dit que tu participerais à un défi de loup en faisant équipe avec une humaine et un élan, je ne l'aurais pas cru. Non pas par manque de compétences, mais parce que ce n'est pas... toi.

— Nous devons tous grandir un jour, dit Blue en haussant un sourcil. Et puis il ne s'agit pas de moi : je ne suis qu'aux côtés de Steph. Elle est le centre. Elle est la raison.

— Et en parlant de ça, tu assures les arrières de Steph, compris ? ordonna Jace avait cette lueur d'Alpha dans le regard.

— C'était prévu, répondit sèchement Blue.

— Non, je veux dire que si les choses tournent mal, sors-la de là. Je sais que c'est à compétences égales, mais ça arrive les accidents. Si les filles perdent le lodge, elles survivront. Si elles perdent Steph, elles ne s'en remettront jamais.

Del hocha la tête.

— Je suis d'accord. Stephanie est leur cœur. Elles ont beau aimer le lodge, ça ne vaut pas la peine qu'elle meure pour ça.

— Je suis tout à fait d'accord.

Blue accepta les étreintes chaleureuses de ses amis. Les coups dans le dos furent particulièrement vigoureux ce soir-là, et ses sens d'Omega s'activèrent le temps de découvrirent que Jace et Del étaient tous deux inquiets, mais qu'ils avaient une confiance absolue en lui. Ce qui était à la fois un coup d'ego et un coup de pied au derrière. Une mission de taille l'attendait demain.

Mais ce soir, il avait une autre tâche importante à accomplir.

Elle est prête, lui dit son loup.

Merci, BP.

Blue tendit la main et la rapprocha de lui.

— Merci à tous. On se retrouve demain matin pour le petit déjeuner.

Les doigts de Stephanie étaient froids, mais elle lui tenait fermement la main. Ils marchèrent en silence jusqu'à son cottage.

— Asseyons-nous un moment sur la terrasse, demanda Steph.

— Il fait de plus en plus froid.

— On se tiendra chaud. Je vais prendre une couverture, dit-elle avant de disparaître à l'intérieur.

J'ai besoin de temps avec Steph, dit gentiment son loup. *Tu passeras le reste de la nuit avec elle. Je veux la voir maintenant.*

Comment est-ce que Blue aurait pu s'opposer à cela ? Il se déshabilla et se métamorphosa, puis sauta sur le canapé pour attendre son retour.

La jeune femme parut surprise, mais elle s'installa à côté de lui.

— Salut. Toi aussi, tu as besoin d'un câlin ?

L'heure qui suivit fut l'une des plus étranges que Blue ait jamais vécue. Stephanie et son loup discutèrent, et même s'il sentait ce qui se passait, Blue ne pouvait entendre les mots. Des émotions dérivèrent à travers le voile étrange qui les séparait – un fort sentiment d'amour mêlé parfois à l'amusement.

La seule partie claire était les doigts de Stephanie caressant sa fourrure. Finalement Blue abandonna ses efforts pour comprendre ce qui se passait et se concentra sur le plaisir tactile de sa caresse.

Lorsque son côté loup se retira et lui laissa le contrôle, Blue se métamorphosa et s'étira. Son loup en étrange rébellion, sa compagne confrontée au danger, leur union toujours pas achevée... Un sentiment incroyable de bien-être envahit Blue, bien au-delà de ce qu'il aurait dû ressentir, tout compte fait.

Surtout quand Stephanie s'approcha de lui, toute tiède, douce et... nue ?

Il baissa les yeux, surpris. Oui. Ses vêtements étaient en pile à côté du canapé.

— Hmm ? fit-il.

Elle émit un doux rire sensuel.

— J'ai fini de parler pour l'instant. Il est temps d'avoir un autre genre de conversation.

Le vent froid de l'automne tourbillonnait autour d'eux, mais bon sang, il s'en fichait. Une Stephanie nue était classée parmi ses dix meilleures choses sur terre.

— Ça me va. Ma langue a besoin d'exercice.

— Blue.

Elle eut l'air scandalisée. Ses joues étaient rouges. Mais c'était peut-être à cause du froid ?

Il devait vérifier. D'autres parties de son corps seraient rouges si c'était le froid.

Il la saisit par les cuisses et la souleva du sol. Steph lui saisit la tête en riant tandis qu'il la faisait entrer et la jetait sur le lit.

— Je ne suis pas un sac de patates, se plaignit-elle.

— Non, tu es un sac de sucre.

— Vraiment ? Franchement... Oh, oui, Blue. Je veux...

Ses protestations s'éteignirent tandis qu'il faisait danser sa langue sur sa peau. Il embrassa sa bouche, son cou, ses seins et son entrejambe. Il taquina son sexe de ses doigts et l'embrassa partout, jusqu'à ce qu'elle se torde de plaisir.

Ce n'est qu'à ce moment-là qu'il s'enfonça en elle. Centimètre par centimètre.

Et pendant tout ce temps, il la regarda droit dans les yeux. Leurs profondeurs bleues étaient remplies de bonheur et de plaisir, lui envoyant des frémissements de désir à travers le corps.

— Blue ?

— Oui ?

Il était enfoncé jusqu'à la garde, leurs entrejambes joints comme un puzzle humain sensuel. Elle avait posé sa jambe sur sa hanche, leurs bras étaient emmêlés, et leurs bouches se joignaient dans un baiser passionné.

Lorsqu'il rompit le baiser, Steph inspira profondément.

— Je t'aime, dit-elle avec douceur.

Cette fois, elle avait été la première à le dire.

Blue ferma les yeux et laissa la vague d'émotions gonfler en lui. C'était comme une chaleur palpable et agréable sur sa peau. Leur amour était une chose vivante qui les enveloppait dans un cocon.

Il ouvrit les yeux et la vit en train de lui sourire. Ils bougeaient à l'unisson, à un rythme qui n'avait besoin d'aucune autre musique.

— Je t'aime aussi, dit-il tandis que le plaisir remontait le long de son échine.

— Oh, Blue, gémit Stephanie.

Des étoiles filantes. Des feux d'artifice. Des aurores boréales. Rien de tout cela ne pouvait se comparer à l'énergie sauvage qui entourait le petit cottage alors qu'ils montaient vers les cimes et en retombaient ensemble.

Pour tomber amoureux.

La chaleur de la nuit dernière semblait bien loin.

— Comment se fait-il qu'il y ait de la neige au sol ? demanda Stephanie à sa sœur, en regardant la pelouse verte la veille mais qui était maintenant un champ blanc infini.

Ils avaient pris un bon petit déjeuner, même si Stephanie n'avait pas beaucoup mangé, compte tenu de son anxiété. Elle s'était habillée chaudement, en bottes et moufles, pour affronter la neige inattendue. À présent son équipe recevait des vœux de dernière minute et des instructions de la part de leurs amis.

Il était 8 h 50, et bientôt le début du défi. Ermeline s'était présentée en tant que témoin officiel. Elle était assise sur la terrasse arrière qui surplombait le lac, une théière devant elle et une expression hautaine sur le visage.

Sophie et Lance discutaient avec Marvin, qui était déjà en forme d'élan. Jace, Del et Cassidy étaient avec Blue. Et Stephanie avait une dernière conversation affectueuse avec sa sœur.

— Bienvenue en hiver à Jasper, dit Stacy en posa une

main sur le bras de Steph. D'après le loup de Colt, la neige t'aidera.

— Pour pister, oui, mais pour ce qui est d'avoir chaud et d'être au sec, c'est très peu probable, répondit Stephanie avant de redresser les épaules. Pouah. Très bien. Je me prépare à passer douze heures affreuses.

— Que tu es bête, dit Stacy en la serrant avec force dans ses bras.

— Euh, merci ?

Stacy lui prit les mains et la regarda intensément.

— Tu fais semblant de te plaindre, mais je te connais sœurette. C'est du pipeau. Comme toujours, tu es solide et là pour nous. Tu es un roc, et je n'ai jamais assez dit à quel point je suis reconnaissante pour tout ce que tu as fait pour moi et les enfants durant ces années. Je n'ai pas assez dit à quel point je t'aimais.

Mince alors.

— Tu vas me faire pleurer, et je suis toute rouge et gonflée quand je pleure, dit Stephanie. Tu ne trouves pas que ça ferait une magnifique photo d'équipe pour commencer cet événement de fou ?

Stacy la serra dans ses bras et l'embrassa une dernière fois.

— C'est de ma part, de Cassidy et des garçons. Et de Del, Jace, Sophie, Jessica et tous ceux du lodge. Nous t'aimons et te faisons confiance, mais quoi qu'il arrive, tu dois faire attention et revenir en un seul morceau. Compris ?

— Oui, maman, ironisa-t-elle avant de se reprendre en voyant les gros yeux sévères de Stacy. Je ferai de mon mieux.

Il n'y eut pas de longs adieux. Deux minutes avant l'heure prévue, ceux qui restèrent prirent deux directions différentes. Cassidy alla s'asseoir avec Ermeline, et les autres se rendirent côté sud du lodge, afin de commencer leur longue journée de festivité.

Marvin s'avança lentement vers le milieu de la pelouse. Ses énormes empreintes de sabots ressortaient clairement dans la neige intacte.

Blue le salua puis attendit que Stephanie le rejoigne à l'orée des bois.

— Prête ? Tu as l'air bien habillée.

— Comme une dinde, approuva-t-elle de bonne humeur.

— C'est bon de te voir en forme ce matin, dit-il amusé.

— Ai-je le choix ? Ça ne sera pas facile, mais je suis contente de le faire avec toi.

Il lui serra les épaules puis la tourna vers le chemin.

— Commençons nos recherches.

Il aurait dû y avoir un coup de pistolet de départ. Ou un orchestre. Non. Rien, à part le silence de la forêt par une froide journée.

Stephanie fit un pas en avant et tout commença.

La première heure passa assez vite. La neige n'avait pas eu le temps de se poser, et le vent s'était calmé. Ils laissèrent donc des traces, mais il ne faisait pas assez froid pour qu'il gèle ou pour rendre la marche inconfortable.

La deuxième heure d'exploration fut la copie de la première. Ils marchèrent en silence, Stephanie écoutait aussi attentivement que possible. À quelques pas d'elle, Blue inspirait assez fort pour tourner de l'œil, mais jusqu'à présent il n'avait rien flairé.

Ils s'arrêtaient toutes les demi-heures pour boire un peu d'eau et manger quelques bouchées. Steph n'avait pas faim mais savait qu'elle devait garder de l'énergie. L'après-midi et la soirée allaient être longues.

Il était presque 14 heures lorsqu'ils découvrirent des traces.

— Un loup, et deux humains, dit doucement Blue, en désignant l'endroit où le groupe d'Emma avait atteint le sommet de la crête.

Stephanie suivit la ligne de traces plus au nord.

— Ils se sont séparés.

Bleu jura doucement. Elle savait exactement ce qui n'allait pas. Le loup était parti de son propre chef.

— On doit les suivre, dit-elle.

— Je ne veux pas te laisser avec deux personnes à suivre.

Il lui serra la main fermement, mais les couches de gants l'empêchaient de lui donner sa chaleur.

— Je vais me métamorphoser, poursuivit-il. J'espère que je rattraperai celui-là et que je le mettrai hors d'état de nuire rapidement. Je reviendrai pour t'aider dès que possible.

— C'est un bon plan. Assez parlé, allons-y.

Elle lui saisit cependant le visage et l'attira vers elle pour un baiser rapide et intense.

— Reviens intact, ordonna-t-elle. Je le pense vraiment.

Blue retira ses vêtements et fourra la pile dans son sac à dos.

— Oui, capitaine.

Il se métamorphosa, son loup blanc se camouflant magnifiquement avec le blanc qui les entourait. Au moins, il y avait ça en leur faveur.

Il se mit à courir, disparaissant sur la piste laissée par l'autre loup.

Stephanie était seule.

Le ciel était gris et morne, la température chutait à une vitesse folle, comme si elle dévalait le flanc de la montagne. Quelle belle journée pour une promenade en forêt... Non, pas du tout.

Lorsque la neige recommença à tomber, Stephanie fit un doigt d'honneur mental aux dieux de la météo et continua sa route.

Le sentier était facile à suivre. Stephanie s'efforça d'être une pisteuse intelligente et comprendre ce qui se passait. L'une des traces donnait l'impression que le marcheur perdait constamment l'équilibre à en croire les traces de dérapage.

Ses cuisses brûlaient tandis qu'elle gravissait une courte montée abrupte. Une fois en haut, elle se figea, le cœur tambourinant à la vue d'une petite cabane à moins de six mètres de là. Elle était délabrée, mais ne faisait pas partie des cachettes qu'ils avaient envisagé de fouiller.

Située à seulement cinq minutes à pied de l'extrémité nord du lac, Stephanie se demanda pourquoi elle n'avait jamais vu cet endroit auparavant.

Elle perçut alors des mouvements flous aux confins de sa vision périphérique. Elle se retourna et vit Emma foncer sur elle à toute vitesse, un gros objet ressemblant à une massue à la main.

Voilà pour la partie « compétences égales et sans armes ». Mais ce n'était pas le moment de débattre des règles avec Emma. Pas tant que Stephanie n'était pas armée.

Elle courut.

Un sentier dégagé descendait vers le lac et une clairière, non loin de là. Elle le savait parce que lorsqu'ils jouaient au disque-golf, l'un de ses trous préférés se trouvait de ce côté du lac.

Qu'est-ce qu'il y a ?

C'était BP, haut et fort. Ce qui ne disait rien sur la proximité de Blue, mais malgré tout, elle reprit espoir.

Emma me poursuit, dit-elle à BP. *Je descends la colline pour aller au panier huit.*

J'arrive. Je serai là sous peu, promit-il.

Stephanie se baissa pour passer sous une autre branche d'épinette, franchit la crête d'une colline et déboucha sur la clairière.

Emma triche. Elle a une sorte d'arme.

Triche aussi.

Emma la suivait de près.

— Ne t'enfuis pas, petite. J'ai quelque chose pour toi.

Pouah.

— Tu es agaçante et condescendante, dit Stephanie en s'arrêtant de l'autre côté du panier, et se sentant un peu plus en sécurité avec le solide engin en métal entre elles. Bonjour, Emma. Belle batte de baseball.

La femme sourit.

— Le sport peut nous apprendre tellement de choses.

Exact. C'est pourquoi Stephanie était très reconnaissante que ses neveux n'aient pas obéi pour ranger leur matériel. Elle fouilla dans le fond du panier métallique et récupéra les disques qui y étaient restés.

Elle recula juste assez pour se donner de l'élan, et envoya l'un des disques voler en plein dans le visage d'Emma. L'impact fit du bruit, mais Stephanie était déjà en train de rebrousser chemin.

Je me dirige vers une petite cabane. Juste au nord du panier, dit-elle à BP.

J'y suis presque.

Stephanie atteignit le sommet du sentier, se retourna et lança à nouveau, cette fois-ci côté droit, ce qui lui permit de voir le disque frapper et marquer son front d'une ligne blanche. C'était très satisfaisant de voir le visage furieux d'Emma virer au cramoisi.

Mais elle n'eut pas le temps de vraiment en profiter. Stephanie se remit à courir, luttant pour garder l'équilibre alors qu'elle sautait par-dessus et sous les broussailles. La cabane se rapprochait. Encore plus près.

Le flot constant de jurons et de halètements furieux d'Emma se rapprochait également.

Stephanie aurait juré avoir senti un souffle chaud sur sa nuque alors qu'elle poussait la porte et se précipitait à l'intérieur. Elle se dépêcha de fermer la porte, ses ongles raclant le chambranle à la recherche d'un verrou à actionner.

Emma frappa la porte de tout son poids, l'entrouvrant légèrement avant que Stephanie réussisse à la refermer et la bloquer avec le loquet. Elle poussa alors un soupir de soulagement.

Je suis dans la cabane, dit-elle à BP. *Emma est dehors, en train de frapper la porte avec une batte. Sois prudent.*

Elle se retourna... et se figea.

C'était un horrible retour en arrière, des années plus tôt. L'unique fenêtre ne laissait entrer qu'un mince filet de lumière, mais ce fut suffisant pour comprendre qu'elle était sortie de la poêle à frire pour se jeter dans le feu.

Porter – non, Dwight – se tenait dans l'ombre, à quelques mètres de là. Son visage était déformé par la colère et le pistolet qu'il tenait à la main était pointé droit sur le ventre de Stephanie.

18

———

Stephanie sentit son regard se voiler, mais elle lutta pour rester immobile.

— Dwight.

Il battit des cils, la main tremblante sur le pistolet. Pas assez pour éloigner le bout de l'engin, mais assez pour montrer qu'il n'avait pas totalement le contrôle de ce qu'il faisait.

Ce qui semblait bien plus dangereux.

Il ne dit rien et se contenta de rester là, l'arme braquée sur elle, le regard traduisant la panique. C'était terrifiant, mais cela donna à Steph le temps de l'observer d'un peu plus près.

Dwight n'allait pas bien. C'était lui qui trébuchait sur la piste dans la forêt. Son visage était couvert de bleus et un filet de sang coulait de sa tempe. Ses mains étaient sales et ses jointures écorchées. Pas comme s'il avait frappé quelqu'un, mais comme s'il avait essayé de se défendre.

À l'extérieur du hangar, Blue était enfin arrivé. Les coups à la porte cessèrent et les grognements et grondements se mêlèrent aux injures d'Emma.

Dwight frissonna puis se redressa, serra l'arme plus fort et se concentra sur Stephanie.

— Je ne te laisserai pas me tuer.

Ah d'accord...

— Je ne veux pas te tuer. Personne ne veut te tuer, dit-elle doucement.

Il leva le menton comme pour montrer l'extérieur.

— Elle m'a dit ce que tu prévoyais de faire. La façon dont les monstres agissent... ce qu'ils vont me faire parce que je connais leur existence.

Qu'est-ce qu'Emma lui avait raconté ?

— Tu pourrais pointer ton arme loin de moi pendant qu'on en discute ? Parce qu'il n'y a pas de monstres qui auraient l'intention de te tuer. Je suis aussi humaine que toi, je le jure devant Dieu sur une pile de bibles.

Dwight réfléchit puis pencha la tête vers le coin de la cabane.

— Mets tes mains derrière le dos et assieds-toi dans le coin, et ensuite je te baisserai mon arme. Mais si tu m'attaques, je tire.

— Si ça peut t'aider à te calmer, ça me va.

Stephanie se précipita vers le coin et s'assit, les mains derrière le dos, et pressée contre le mur en rondins. Ce qui n'était pas une position aussi terrible qu'il aurait pu le penser, étant donné qu'elle était très souple.

Tant que la pointe de cette arme était pointée vers le sol au lieu d'elle, Stephanie était heureuse.

Surtout quand le son des combats entre Emma et Blue augmenta. Emma avait dû se transformer en loup, car il y avait maintenant deux bêtes grondantes devant la porte.

Le visage de Dwight était blême.

— Ils se battent entre eux ? Si tu es humaine, qu'est-ce qu'on va faire ?

— Qu'est-ce qu'Emma t'a dit ? répéta doucement Stephanie. Et tu vas bien ? Qui t'a fait du mal ?

— J'ai été kidnappé. Je suis venu ici passer des vacances, et oui, j'ai entendu des bêtises à propos de gens qui pouvaient se transformer en loups, mais j'étais surtout ici pour les vacances. Hier soir, quelqu'un est entré dans mon cottage et m'a battu. On m'a bandé les yeux et mis dans le coffre d'une voiture. Ce matin, Emma m'a secouru. Elle a dit que les gens qui m'avaient kidnappé étaient des monstres, et qu'elle allait essayer de me sauver. Si quelqu'un entrait dans la cabane, je devais d'abord tirer et ensuite poser des questions.

Merci, Seigneur, de ta bonté.

— Je suis vraiment contente que tu ne m'aies pas tiré dessus. Et j'ai beaucoup de choses à te dire, mais tu dois me faire confiance. Oui, il y a des gens que certains considèreraient comme des monstres, mais Emma est en tête de cette liste.

La main de Dwight trembla à nouveau. Il n'avait pas pointé son arme sur elle, mais il secouait la tête et semblait au bord des larmes.

— Je ne voulais pas ça. Je ne voulais rien de tout ça. J'essayais juste de retrouver mon frère, et puis tout est devenu incontrôlable.

Elle avait vraiment beaucoup de sympathie pour cet homme. Parce que si ce qu'il disait était vrai, il avait été plongé dans le monde merveilleux des loups avec encore moins de préparation qu'elle, Cassidy et sa sœur.

Parce qu'honnêtement, il y avait une grande différence entre tenir un mignon petit louveteau dans les mains, et entendre des bêtes grondantes se battre devant la porte d'un hangar.

Stephanie ferma les yeux. C'était peut-être stupide,

mais cela lui semblait la chose à faire. Elle inspira profondément et réfléchit à ce qu'elle devait faire. Elle réfléchit à ce qui pourrait améliorer les choses, et à ce dont ce pauvre Dwight avait besoin pour se sentir mieux et affronter ce qui lui était arrivé.

Une douce et fraîche brise printanière tourbillonna autour d'elle. Elle prit une autre profonde inspiration et la laissa sortir. Et une autre encore.

Lorsqu'elle entendit un énorme soupir à l'autre bout de la pièce, elle ouvrit les yeux pour découvrir Dwight, le bras armé complètement détendu contre son flanc.

Il la regarda bouche bée, étonné et confus.

— Qu'est-ce que tu viens de faire ?

Elle haussa doucement les épaules.

— Ajusté nos chakras ? Je ne sais pas vraiment, mais je suis sûre d'une chose : tu n'es plus en danger. Je te le promets, et même s'il se passe de drôles de choses durant la nuit, les gens que je connais feront tout pour te protéger. D'accord ?

Il secoua légèrement la tête, mais quand il parla, il n'y avait rien d'autre que de l'étonnement dans sa voix :

— Je ne sais pas comment tu fais, mais je te fais confiance.

Il se pencha et posa l'arme sur le sol avant de s'éloigner, comme s'il la lui offrait.

Stephanie grimaça en se levant.

— Tu sais l'utiliser ?

Dwight secoua la tête.

— On appuie sur la gâchette ? dit-il.

Oh bon sang.

— Je ne suis pas fan, mais je sais comment faire. Ça te va si je la prends ? demanda-t-elle.

Un rapide hochement de tête fut sa réponse. Dwight semblait écouter attentivement.

— Ils sont partis. Qu'est-ce qui se passait devant la porte ?

— Des loups, lui dit-elle tout simplement en manipulant soigneusement l'arme. Attends une seconde.

Elle essaya de regarder par la fenêtre, mais elle était située face au lac alors que les combats avaient eu lieu au sud de la cabane.

Où es-tu ? demanda-t-elle à BP.

Je poursuis cette garce. Je lui ai mis une bonne raclée, et elle a pris la fuite. Elle reste à l'ouest du lodge. Tu vas bien ?

Je vais bien. Je retourne au lodge. Attention à toi. Elle est sournoise.

Elle sentit plus qu'elle n'entendit la fierté de BP.

Elle est plus lente qu'elle ne le pense. Si elle continue à avancer dans la bonne direction, je n'aurai même pas besoin de lui courir après.

Hochant la tête, Stephanie fit un pas vers la porte.

— Les loups sont partis pour l'instant, alors viens, que je t'emmène dans un endroit sûr. Je te dirai ce que je peux et tu pourras répondre à quelques questions. Ça te va ?

Dwight pressa une main sur son torse alors qu'ils sortaient de la cabane. Le ciel était toujours nuageux, mais suffisamment lumineux pour les éblouir.

— J'ai cru que j'allais mourir, avoua-t-il à mi-voix.

Elle lui tapota doucement le dos.

— Tu es en vie et tu le resteras, promit-elle à nouveau.

Il toucha doucement son visage meurtri et déclara :

— Peut-être devrions-nous nous dépêcher de rejoindre cet endroit sûr ?

Stephanie le guida sur le chemin qu'elle avait emprunté pour fuir Emma, en direction du lodge.

— Que faisais-tu à Jasper ? demanda-t-elle. Je sais que tu as parlé de vacances, mais tu as aussi parlé d'un loup ?

— D'abord dis-moi comment tu connais mon nom, demanda Dwight en grimaçant. Je viens de m'en rendre compte. Tu m'as appelé par mon nom quand tu es entrée.

— Cette partie va te paraitre comme un conte de fées, mais nous sommes en quelque sorte apparentés. Ma sœur était mariée à ton frère. Vous vous ressemblez beaucoup.

Dwight jura.

— Tu connaissais Porter ?

— Oui.

Moins elle en disait, mieux cela valait.

— Ce connard, lâcha Dwight en marchant côte à côte avec Stephanie au bord du lac. Nous n'étions pas proches, au cas où tu te poserais la question.

— C'est ce que je vois. Nous ne savions pas que tu existais. Pas avant ta lettre à un avocat d'ici. Il est maintenant marié à ma sœur, l'ex de Porter.

— Quelle histoire ! dit Dwight en secouant la tête. Cette lettre. Porter et moi, nous ne nous sommes jamais vraiment entendus, et puis on a eu quelques disputes qui m'ont fait couper les liens avec lui. La dernière fois que j'ai eu de ses nouvelles, il était entré dans l'armée, et c'était il y a des années. Il y a environ six mois, j'ai reçu une lettre me demandant de récupérer ses affaires car le contrat de son box de stockage avait expiré et sa carte bancaire était périmée. J'étais sur la liste des proches parents.

— Tu as récupéré les affaires de Porter ?

Mon Dieu, qu'est-ce que cet homme maléfique avait bien pu cacher ?

— Il n'y avait pas grand-chose. Quelques affaires militaires et un tas de carnets. J'aurais tout jeté, mais notre père venait de mourir. Il n'avait jamais mis à jour son testament, donc l'héritage est à la fois au nom de Porter et du mien. Je me suis dit que je devais à mon père d'au moins essayer de retrouver Porter. Les carnets étaient pleins de propos insensés et d'idées colériques. Et quelque chose à propos d'un ami dans l'armée qui s'était transformé en loup.

Dwight haussa les épaules avant de poursuivre :

— J'ai pensé que c'était des propos d'ivrognes.

— Ce n'est pas le cas... mais c'est compliqué.

Ils étaient maintenant sur la pelouse, et Marvin les regardait avec curiosité.

— Putain, ne bouge pas, s'exclama Dwight en se plaçant devant elle pour la protéger. Les élans sont dangereux, mais ils ne voient pas très bien. Reculons lentement et contournons ce grand hôtel.

Si elle avait eu des doutes avant cela, le fait qu'il veuille la protéger la convainquit que Dwight était un gentil.

Elle posa une main sur son épaule.

— Tu te souviens que je t'ai dit qu'il y a des monstres, mais que tu es en sécurité ? J'ai besoin que tu m'écoutes et que tu continues à me faire confiance.

BLUE AVAIT une égratignure sur le nez qui piquait avec l'air frais, et une soif de sang qui n'était pas très attrayante.

Elle voulait faire du mal à notre compagne, dit BP. *Aucune pitié.*

Remporte d'abord le défi. La punition plus tard.

Il rejoignit finalement Emma et la poussa afin de la faire déraper. Son corps glissa sur le sol enneigé avec suffisamment de force pour s'écraser contre un arbre.

Blue s'accroupit et grogna en attendant qu'elle se relève.

Elle bougea lentement, comme si elle essayait

délibérément de perdre du temps. Lorsqu'elle fut enfin debout, elle se précipita vers la souche d'arbre à côté d'elle, changea de direction et se lança droit sur lui.

Mais au lieu de le percuter, elle s'envola au-dessus de sa tête, atterrit en douceur et continua sa route, droit vers le bas de la colline, en direction du lodge.

Stephanie va au lodge, l'informe BP.

Merde. Que s'était-il passé ?

Pourquoi ? demanda Blue en courant à toute vitesse après elle.

Emma fonçait droit devant, sans hésitation. Elle était juste assez petite pour réussir à se baisser sous les branches que Blue devait contourner et cela le ralentit suffisamment pour l'empêcher de la rattraper.

Ce qui fit que lorsqu'ils firent irruption dans la clairière, Blue chercha frénétiquement Marvin ainsi que Steph des yeux.

Emma ignora le danger potentiel. Maintenant qu'ils étaient à découvert, Blue avait l'avantage, et il se retrouva soudain à trois pas. Deux...

Ils dérapèrent tous les deux et s'arrêtèrent à quelques mètres de Marvin, qui n'était qu'à quelques pas de la terrasse du lodge.

Blue se métamorphosa, se dressant sur ses pieds humains instantanément et se dirigea vers l'endroit où se tenait sa compagne.

— Steph. Que se passe-t-il ? Tu vas bien ?

— Je vais bien. Mais nous avons fait une découverte.

Ermeline était assise à la table de la terrasse, les bras croisés sur sa poitrine, et l'expression indéchiffrable. Cassidy avait tiré une chaise pour Dwight, à côté de la matriarche, et Stephanie lui versait une tasse de thé.

D'accord... Blue ne s'attendait pas du tout à cela.

— Le défi a toujours lieu ?

Ermeline haussa un sourcil.

— J'attends également la réponse à cette question.

— On parlera du défi dans une minute. Commençons par le commencement, dit Steph en ignorant le reniflement désapprobateur d'Ermeline et en tapotant l'épaule de Dwight. Bois ton thé. Tu as besoin de sucre après ce choc. Alors, comme je te l'ai dit, c'est mon compagnon. Oui, il était loup il y a une minute. Et Marvin est l'élan, lui aussi un métamorphe. Donc ton frère avait raison, et il y a des gens qui peuvent se transformer en animaux. Mais être un métamorphe ne signifie pas être mauvais. Sur une échelle de un à dix, mon compagnon est un méchant de deux. Ton frère, bien que pleinement humain – désolée de te le dire – était un connard de dix.

Dwight hocha la tête avant de renverser sa tasse de thé, et s'accrocha à sa chaise quand Emma se métamorphosa et monta sur la terrasse.

— C'est elle qui m'a donné l'arme. Elle a dit que tu me tuerais.

Stephanie se plaça entre Dwight et Emma en un éclair.

— Salut, Emma. Pourquoi ne pas commencer par expliquer à ta tante ce que signifie « compétences égales » ? Parce que vu que ce défi était censé être une question d'honneur, soit tu es vraiment nulle en compréhension, soit tu es une tricheuse.

Emma l'ignora et se contenta de fixer Dwight. Puis un lent sourire diabolique se forma sur ses lèvres, faisant se dresser les cheveux de Blue sur sa nuque.

— Merci, coéquipier. Tu as fait ta part, dit-elle avant de faire une petite révérence à sa tante. Je pense que tu seras d'accord avec moi pour dire que Dwight, mon coéquipier, a percé les défenses du lodge. En fait, il semble qu'il ait complètement infiltré leurs rangs. Le défi se termine en ma faveur.

Stephanie lança un juron.

— Tu as tabassé ce pauvre homme, tu lui as dit que la personne qui entrerait dans la cabane le tuerait, et tu penses que le fait que je le sauve fasse de toi une gagnante ?

Emma haussa les épaules.

— Oui, à moins que tu ne l'aies amené ici pour l'utiliser comme exemple de ce qui arrive à tes ennemis. Je vais te dire : tranche-lui la gorge et tu gagneras. Ça me va.

— Dans tes rêves, gronda Blue.

— C'est dans les règles, répliqua Emma. Ou alors, tu peux admettre ta défaite. L'honneur ne consiste pas toujours à déchiqueter nos ennemis, mais on le fait si c'est nécessaire. Il y a trois règles à toute épreuve dans la meute Wilson : « Défends ta propriété. Le pouvoir avant tout. Prenez le dessus. » Tu n'as rien fait de tout cela aujourd'hui.

Les autres chefs de meute étaient déjà là. Cassidy avait probablement utilisé son lien pour appeler Jace, et le groupe qui se trouvait sur le parking l'avait suivi. C'était un étrange rassemblement autour de la petite table où un inconnu tenait sa cour.

— Tu as raison, Emma, dit la vieille femme en reniflant délicatement. Stephanie ? Est-ce qu'un membre de ton équipe va tuer cet homme ?

— Absolument pas.

Stephanie semblait plus énervée qu'effrayée. Elle glissa sa main dans celle de Blue, montrant le lien fort et solide qui les unissait. Puis elle parla au nom de tous :

— Si pour ça, il faut mettre fin à la vie d'un innocent parce qu'Emma pense que ça rendrait le jeu intéressant, tant pis. Ça n'arrivera pas. Pas dans aucune meute dont je fais partie.

Emma semblait déçue que l'homme n'ait pas la gorge arrachée devant tout le monde.

Ermeline, de son côté, regarda sa nièce comme si elle venait de repérer une tache de moisissure intéressante sur le mur.

— Tu es la gagnante du défi. Félicitations.

Emma leva les bras et hurla ; un son étrange qui émanait de sa gorge humaine. Puis elle se tourna vers Jace et Cassidy.

— Partez maintenant. Ne touchez à rien, quittez ma propriété.

— Ce n'est pas raisonnable…, commença Cassidy.

— Je pourrais tous vous tuer en ce moment, pour violation de propriété. Vous laisser vivre est tellement plus civilisé et humain, fit remarquer Emma avec une expression mielleuse telle une hôtesse maléfique. J'ai toujours voulu ce lodge, et maintenant il est à moi. J'ai mon propre endroit pour créer une meute.

— Tu es tellement mélodramatique, la coupa Ermeline en se levant.

Elle poussa sa nièce avec suffisamment de force pour la faire tomber, puis elle étudia Dwight avant de hausser les épaules.

— Jace, j'espère que tu as une idée pour faire disparaître ce problème ? Ou Blue ? Nous n'avons pas besoin de voir des humains courir dans toute la ville pour révéler notre existence, sinon on va rapidement devenir des cobayes pour toutes sortes d'expériences scientifiques.

Emma se redressa brusquement.

— De quoi tu parles ? Jace s'en va. Blue s'en va. Ils s'en vont tous.

— Silence.

Ermeline ne cria pas, mais utilisa son pouvoir d'Alpha.

Les plaintes de sa nièce se turent comme si on avait fermé un robinet.

— Je n'avais pas l'intention d'en finir si vite, mais vous avez été patients et votre coopération m'a permis d'obtenir les informations dont j'avais besoin, dit Ermeline en s'avançant vers Cassidy. Je déclare par la présente que les conditions de la loterie sont remplies. Vous avez reçu l'approbation de la meute Wilson. Timberwolf Lodge est officiellement à vous.

Les filles poussèrent des exclamations de surprise.

— Je ne nous ai pas fait perdre le lodge ? demanda Steph d'une voix tremblante en serrant la main de Blue.

— Il n'en a jamais été question, lui assura la vieille dame avant de se tourner vers Emma. Toi, en revanche, tu es une ingrate. Comment oses-tu essayer de me doubler ?

— Ce n'est pas juste. J'ai gagné le défi. Ils ne se sont pas défendus contre l'ennemi, ce qui veut dire que j'ai gagné, rugit Emma.

— Ce n'était pas le but du concours, dit la vieille dame. Le règlement stipule que c'est moi qui décide qui garde le lodge. Le défi n'était qu'un jeu. C'est toi qui as supposé que gagner signifiait quelque chose de plus.

Emma devint rouge puis bleue. Pendant une seconde, elle sembla sur le point de bondir sur sa tante, mais elle resta immobile, les mains tendues comme si elle allait lâcher ses griffes. Blue se prépara au cas où elle essayerait d'attaquer quelqu'un de sa meute.

Jace se leva.

— Madame Wilson, merci pour votre décision concernant Timberwolf Lodge. Mais nous avons une affaire sérieuse à régler : votre nièce.

— C'est tout à fait exact, dit Ermeline en regardant durement sa jeune parente. Tu as des manières épouvantables. Je devrais les laisser te discipliner correctement.

Emma se figea. Dans ce contexte, discipline signifiait la mort.

Cassidy l'interrompit.

— Ermeline, peut-être qu'avec vos années d'expérience, vous pourriez nous donner quelques conseils. Emma a été bannie de la meute Jasper pour comportement dangereux. Une invitation informelle par l'intermédiaire d'une jeune parente n'aurait pas dû suffire à lui permettre de revenir sur notre territoire.

La vieille dame eut la grâce de paraître gênée.

— C'était en grande partie ma faute.

Cassidy fronça les sourcils.

— Ne vous énervez pas contre moi, jeune fille. Quand on est aussi vieille que moi, on utilise tous les avantages à notre disposition. Quelque chose n'allait pas, et tous les signes indiquaient qu'Emma faisait des siennes. J'avais besoin qu'elle me montre clairement sa véritable nature.

Elle indiqua Emma avant de poursuivre :

— Elle l'a fait : « Défendez votre propriété. Le pouvoir avant tout. Prenez le dessus. » Fah. Ce ne sont pas nos devises. C'est une variante tordue et égoïste, et maintenant je sais pourquoi la meute Wilson a échoué au cours des dernières années. Elle nous empoisonne de l'intérieur.

Emma lança un regard noir à sa tante.

— « Défendez votre meute. L'amour avant le pouvoir. Prenez le droit chemin ». Ces mots ne sont rien. Ils ne veulent rien dire.

— Ils signifient quelque chose quand on les vit, rétorqua Ermeline.

Alors que les femmes continuaient à se disputer, Jace, Del et Lance se mirent en position au cas où Ermeline aurait besoin d'aide. Il était clair qui était le véritable fauteur de troubles.

Même si Ermeline ne faisait pas partie de la meute de Jasper, elle avait raison.

Quelque chose est sur le point de se produire, prévient BP. Ce n'est pas grave, mais c'est compliqué.

Bon sang. C'est un avertissement de merde, se plaignit Blue.

Regarde Steph. Elle est..., commença BP avant de marquer une pause. *Oh. Une minute. Ça va peut-être faire mal, mais je reviens. Promis.*

La voix de BP s'estompa.

Une seconde plus tard, Blue haleta tandis que quelque chose en lui se tordait. Une douleur aiguë, quelque part entre le fait de se métamorphoser et d'être empalé sur un pieu.

— Blue ? s'exclama Stephanie en le voyant vaciller.

Il se sentait déchiré en deux, et son loup...

— Qu'est-ce que c'est que ça ? demanda-t-il.

Steph fronça les sourcils.

— Qu'est-ce que tu as...

Un deuxième tremblement de terre le frappa, plus fort que le premier. Il ne réussit à rester debout que grâce à Stephanie, sinon il se serait étalé au sol. Ses membres lui faisaient mal et sa vision était un peu floue, comme s'il voyait le monde depuis deux points de vue différents.

Tu vas bien. Je suis de retour, lui dit BP. *Désolé pour ça, mais maintenant Stephanie sait.*

Elle sait quoi ? Et qu'est-ce que tu as fait ?

Plus tard. Il est temps...

19

Stephanie avait passé la dernière heure dans un état flou. La seule chose qui avait du sens était de continuer à avancer pas à pas.

Être poursuivie par une femme sauvage armée d'une batte de baseball ? OK. Avoir une arme pointée sur elle par quelqu'un venant du passé ? Ouais, elle aurait pu zapper cette partie, mais elle pensait l'avoir bien gérée.

Mais faire entendre raison à Dwight, lui expliquer ce qu'étaient Marvin et les autres, et découvrir qu'Emma s'attendait à ce que quelqu'un meure ?

La seule pensée qui traversait l'esprit de Steph était que cette femme assoiffée de sang avait vraiment besoin d'une thérapie.

Je peux réparer ça.

Encore une fois, ce n'était pas BP, mais Stephanie qui se parlait toute seule, et où le bon chemin à suivre n'était pas celui qu'elle croyait. C'était comme si elle voyait la voie d'évacuation passer par la fenêtre d'un immeuble de douze étages, et qu'elle était sur le point de sauter parce que...

Parce que c'était la bonne chose à faire.

Tout ce qui s'était passé de travers depuis leur arrivée à Jasper était à cause d'Emma. Stephanie le savait. Elle le savait au plus profond d'elle.

De plus, elle pouvait le voir …

Comme si elle avait été déposée sur un siège de théâtre, Stephanie regarda Emma s'approcher d'une femme plus âgée qui se balançait doucement sur la balancelle de la terrasse de Timberwolf Lodge. Le bâtiment était dans le même état désastreux qu'au printemps dernier.

— Tante Rachel, dit Emma en s'appuyant sur la balustrade. Il va falloir faire quelques réparations, sinon cet endroit sera bon à brûler.

— Alors il vaut mieux faire des réparations, déclara tante Rachel. Mais je n'ai plus le courage.

— Tu sais que j'adore Timberwolf Lodge. Laisse-moi prendre la relève. Je veillerai à ce que ça devienne un endroit spécial. Un endroit solide pour qu'une meute puisse s'y épanouir.

Un grognement s'échappa de la bouche de tante Rachel.

— S'il te plaît, dit-elle en regardant sa nièce. Depuis quand te soucies-tu du lodge ? Je t'ai déjà demandé de l'aide, et tu n'as jamais eu le temps.

— J'aidais tante Ermeline. On ne peut pas être à deux endroits en même temps, tu sais, répondit Emma d'un ton timide.

— Ermeline t'a dit de déménager et de grandir. Elle a dit que tu vivais à ses crochets depuis trop longtemps.

Emma émit une exclamation consternée, tandis que Rachel la regardait avec amusement.

— Ne sois pas si choquée. Nous sommes peut-être vieilles, ma chérie, mais nous sommes assez lucides pour nous parler. Tu es toujours là pour jouer les pique-assiettes, mais jamais là pour aider ou soutenir. Ermeline ne te donnera pas sa maison, et je ne vois aucune raison de te donner la mienne.

— Personne d'autre ne veut de cette ruine, rétorqua Emma dont la voix avait perdu sa fausse douceur. Jace est parti. Pete a son restaurant. De tous tes neveux et nièces, seul Blue est dans une position où il pourrait prendre ta place, mais il est trop occupé à être le petit Omega sainte-nitouche de la meute.

— Tu as peut-être raison, dit tante Rachel en haussant les épaules. C'est pour ça que j'ai organisé une loterie et que j'ai donné l'argent.

Le cri d'Emma résonna contre les murs et fit basculer Stephanie d'une scène à une autre.

Emma, fouillant Timberwolf Lodge et trouvant les coordonnées de Cassidy, Stacy et Steph. Emma, envoyant Stacy et les garçons droit sur la rivière. Emma, passant au cabinet d'avocats pour fouiner et trouver les coordonnées de Dwight.

Elle avait menti et harcelé des innocents. Elle avait eu recours à la drogue pour devenir plus puissante.

Emma était le problème.

Stephanie était la solution.

Stephanie, qui tenait toujours Blue dans ses bras, lui demanda :

— Je dois faire quelque chose. Est-ce que ça va aller ?

— Si toi ça va, moi aussi. Je suis tout à toi, lui rappela-t-il.

C'était inestimable.

— Je t'aime.

— Tant mieux, dit-il avec un clin d'œil. Je t'aime aussi.

Quand elle s'avança, il était à ses côtés.

Stephanie s'éclaircit la gorge. Il n'en fallut pas plus pour que les querelles cessent et que tous les regards se tournent vers elle.

— Cool. C'est toi qui as fait ça ? demanda-t-elle à Blue.

— Je... pense ? Ou alors c'est nous deux ? dit-il amusé. Cette journée a été incroyable. Je n'ai aucune idée de ce que sera le prochain tour de magie Omega.

— Pas de ruses, lui assura-t-elle. Seulement la justice.

Elle croisa le regard de Cassidy dans une demande silencieuse. Celle-ci hocha la tête.

Avec Blue à ses côtés, Stephanie s'avança jusqu'à se tenir devant Emma.

— Ça suffit.

Emma cessa de ricaner pour se concentrer sur Stephanie.

— Est-ce que je t'ai demandé ton avis à la con ?

— Attention, Emma, la prévint Ermeline. Tu ne voudrais pas offenser la compagne de l'Omega.

— C'est une humaine. Que va-t-elle me faire ? Me parler jusqu'à en mourir ?

— Je ne veux la mort de personne, dit Stephanie.

C'était la pure vérité, et le savoir l'aida à faire ce qui devait être fait.

— Tu as causé trop de souffrance et de peur au sein de cette meute. C'est toi qui vas partir, Emma.

Emma haussa un sourcil.

— Vraiment ? Toi et quelle armée allez faire ça ?

Stephanie serra les doigts de Blue, puis désigna de sa main libre le cœur d'Emma.

— Aucune armée. Juste ta louve.

Comme si les derniers jours passés à discuter seule avec BP avaient fait tourner une clé à l'intérieur de Steph, elle se connecta à cette partie sauvage d'Emma et uniquement elle. La louve écouta un moment, puis frissonna. Elle se mit sur le ventre, le museau sous ses pattes et resta immobile.

Une seconde plus tard, Emma se serrait le ventre en haletant comme si Stephanie l'avait profondément tranchée avec un couteau.

— Qu'est-ce que tu lui as fait ? demanda doucement Ermeline alors qu'Emma se mit à sangloter.

— Je n'ai rien fait. C'est sa louve qui l'a fait.

Stephanie serra à nouveau la main de Blue, puis le lâcha et lui tapota doucement le bras.

— Mon compagnon m'a appris certaines choses récemment, ainsi que les loups de la meute. Je ne suis pas une louve, Mme Wilson. Ni ma sœur ni ma meilleure amie, mais nous avons toujours été un peu comme des loups. Nous sommes comme une meute : nous nous aimons inconditionnellement et nous ferions n'importe quoi l'une pour l'autre, y compris donner notre vie si nécessaire. Nous avons de l'honneur. Comme les vrais loups.

Stephanie se retourna pour examiner Emma, qui était recroquevillée sur le sol, les yeux écarquillés d'horreur.

— Sauf Emma. Elle n'a aucun honneur et son animal a honte. Sa louve ne veut plus être avec elle en ce moment.

— Ma louve, murmura Emma.

— Elle est toujours là.

Stephanie n'aurait pas menti pour faire souffrir davantage Emma, même si elle le méritait.

— Si tu abandonnes le contrôle, tu pourras toujours te métamorphoser. Elle sera entièrement aux commandes tant que tu seras loup. Mais ça sera sans toi : tu ne la verras pas, tu ne l'entendras pas et tu ne courras pas avec elle. Vous serez séparées l'une de l'autre jusqu'à ce qu'elle ne soit plus horrifiée par l'humaine avec laquelle elle est jumelée.

— Si Emma devient honorable, sa louve reviendra ? demanda Cassidy.

L'horreur de la punition commençait à pénétrer la meute.

— Oui, répondit Blue. Je peux te le promettre à cent pour cent, Emma.

Il tendit la main vers elle, et elle le regarda avant d'accepter lentement son aide pour se lever.

Ce fut un sombre cortège qui se dirigea vers le parking. Emma monta à l'arrière de la voiture de sa tante, la tête baissée, les bras enroulés autour d'elle comme si elle allait défaillir.

Ermeline s'arrêta, la main sur la portière du conducteur.

— Il me semble quelque peu inapproprié de dire merci. Ou de vous féliciter pour avoir gagné votre prix. Je ne vais donc rien dire, et vous informer que j'emmène Emma chez moi. J'espère qu'une fois le choc passé, elle pourra commencer à travailler à la réconciliation. À la fois avec la famille Wilson et avec la meute Jasper. Mais nous ne fixerons pas de date limite pour cela.

Un sentiment d'appartenance s'éveilla en Stephanie.

— Si vous le voulez, Blue ou moi pouvons venir vous rendre visite de temps en temps. Avoir un Omega à portée de main pourrait être utile.

Ermeline haussa un sourcil, mais hocha lentement la tête, son manteau royal une fois de plus en place.

— Tu es une adversaire de valeur.

Puis elle sourit, et son visage devint celui d'une vieille femme qui avait vécu sa vie à fond, mais qui trouvait encore des raisons d'être heureuse.

— Tu es aussi une excellente Omega. Bravo, mon enfant. Bravo.

Dès que la voiture eut atteint le sommet de la colline, Stephanie se tourna vers Blue et la serra fort.

— On a réussi.

— Tu l'as fait, dit-il en prenant sa joue et se penchant vers elle. Effrayante humaine Omega.

Tant de choses impossibles venaient de se produire, mais Stephanie n'en avait cure. À cet instant précis, la seule chose qu'elle voulait, dont elle avait besoin, et qu'elle espérait, c'était les bras de Blue autour d'elle et ses lèvres sur les siennes.

La revendiquer. Le revendiquer.

C'est donc ce qu'elle fit.

BLUE ADORAIT EMBRASSER SA COMPAGNE. Pressés l'un contre l'autre, se tenant l'un et l'autre, ils s'embrassèrent. Cela semblait être la suite parfaite à tout ce chaos. C'était si simple et naturel finalement.

Et pendant ce temps, les habitants du lodge s'activaient autour d'eux.

— Installez-vous près du braséro, ordonna Stacy. Et sortez les rations d'urgence. On a besoin de manger et d'avoir des réponses tout de suite. On se retrouve dans dix minutes.

— Je vais me chercher de l'alcool, dit Del. J'ai besoin de quelque chose pour me détendre après avoir vu...

— N'en parle pas maintenant, lui glissa rapidement Jace. Tout le monde veut savoir ce qui s'est passé, mais on attendra d'être tous là pour demander à Stephanie et Blue de nous le raconter.

— Compris.

Encore des mouvements autour d'eux, puis... le silence.

Stephanie recula légèrement la tête pour regarder Blue dans les yeux.

— Salut.

— Salut, toi. Tout va bien ?

Elle réfléchit puis hocha la tête.

— J'étais inquiète pour toi. Que s'est-il passé quand tu t'es écroulé ?

Blue passa son bras autour de ses épaules et l'emmena vers le point de rassemblement.

— Je pense que BP a voulu essayer quelque chose, histoire de voir si la louve d'Emma pouvait prendre les choses en main.

Stephanie se figea, son visage déformé par l'horreur.

— Il s'est séparé de toi ? Complètement ?

— Seulement quelques secondes, dit-il en caressant la ligne entre ses sourcils afin de la faire disparaître. Je l'ai compris après. Et c'est parce que je savais, compte tenu de toutes vos conversations privées entre BP et toi, que c'était possible.

— Ce n'est pas la même chose d'être exclu d'une conversation, et d'être scindé de son loup, dit-elle en l'embrassant sur le front. Je suis désolée que tu aies eu à affronter ça.

— Tu n'as pas à être désolée, mais si ça peut t'aider à te sentir mieux, je te pardonne de ne pas avoir su ce que BP ferait de ta question. Je suppose que tu lui as demandé conseil ?

Ils s'étaient remis à marcher, Stephanie gardant un rythme lent.

— Oui. Et même si tout le monde veut savoir ce qui s'est passé, je pense qu'on ferait mieux de ne pas tout dire. Marchons plus lentement.

— Je suis d'accord avec toi.

— Et puis..., commença-t-elle avant d'hésiter et lui lancer un regard en coin.

J'ai le sentiment que ça pourrait marcher. Non ?

Au son de la voix de Steph dans sa tête, Blue trébucha, et comme il la tenait par les épaules, il l'entraîna avec lui dans sa chute. Ils finirent étalés au sol, avec elle au-dessus.

Steph éclata de rire et se redressa pour le regarder avec malice.

Je pensais que vous, les loups, vous étiez tous des adeptes du procédé magique de parler d'âme à âme ?

Nous sommes... je suis...

Le cœur de Blue était sur le point d'exploser de bonheur... et de confusion.

Comment est-ce qu'on fait ça ? On n'est pas encore unis.

Elle posa ses poings sur ses hanches.

Écoute, Monsieur l'Omega. Tu enfreins constamment les règles, et pourtant tu penses que notre union suivra un chemin prédéfini ? Tu rêves !

C'était tellement parfait, se dit-il.

Nous sommes compagnons.

On dirait bien.

Il était trop heureux pour bouger. Il resta simplement allongé là à sourire.

Du moins, jusqu'à ce qu'un petit visage enfantin apparaisse au-dessus d'eux. C'était Ace qui les regardait en fronçant les sourcils.

— Maman dit que vous êtes censés arrêter de vous bagarrer et venir au braséro. Mais vous ne vous battez pas, hein ?

— Non, dit Stephanie en le soulevant et le déposant sur le torse de Blue. Mais maintenant, oui.

Les cris de joie d'Ace résonnèrent à travers le lac et la forêt.

Blue souriait toujours lorsqu'ils rejoignirent la meute près du braséro.

Dwight avait été emmené dans un cottage privé pour prendre une douche et se reposer un peu, avant qu'ils lui expliquent ce qui venait de se passer.

Relater ce qui s'était passé au reste de la meute prit moins de temps que prévu. La plupart des choses étaient logiques, à l'exception de certains passages qui faisaient secouer la tête à tous, et en général cela concernait la fourberie d'Emma.

Stephanie était sur les genoux de Blue, tous deux placés de sorte que tout le monde puisse les voir et les entendre facilement.

— Ce que je me demande, c'est qui était le loup que vous avez poursuivi ? Le troisième membre de l'équipe d'Emma, si on considère que Dwight était un partenaire numéro deux réticent.

— Carolyn. J'ai le sentiment qu'elle ne savait pas non plus dans quoi elle s'embarquait. Je pense qu'elle a pris la fuite en comprenant qu'Emma avait perdu la tête. Elle est retournée à la frontière du territoire et est partie.

— Pauvre petite, fit Steph avec une grimace. Il faut qu'on lui parle. Il ne faudrait pas qu'elle s'imagine que c'est de sa faute.

— Faite-le discrètement, suggéra Jace en inclina le menton vers Stacy. Invitez quelques adolescents à une soirée cinéma ou quelque chose de ce genre. Ensuite, nos Omegas pourront lancer une attaque-surprise et régler les problèmes.

Cassidy croisa les bras sur sa poitrine et sourit à sa meilleure amie.

— Omega.

En voyant Steph tirer la langue, elle se mit à rire.

— Je croyais t'avoir entendu dire que tu voulais arrêter ça maintenant que tu es adulte.

— Ça n'a rien de puéril. C'est un geste Omega. Et oui, je n'ai aucune idée du comment, mais il semble que je sois tombée dans un monde magique.

— Et que vous être pleinement unis. Ce qui n'était pas le cas quand tu es partie d'ici ce matin, déclara Del en haussant un sourcil interrogateur.

Il jeta un coup d'œil aux enfants, puis à Blue et Steph avant de poursuivre :

— Ça a dû être une sacrée randonnée dans les bois.

— La ferme, dit sèchement Blue dont l'amusement ne cessait pourtant de croître. Comme Steph me l'a rappelé, les rebelles aiment enfreindre les règles. Il semblerait qu'on soit passé à côté des... exigences requises... mais qu'on soit quand même à Compagnons-ville.

— Je suis contente pour vous, dit Stacy en sortant la guimauve brûlante d'Ace du feu et la glissant entre les craquelins. Bienvenue dans la famille, beau-frère, ajouta-t-elle en regardant Blue.

— Merci, belle-sœur, répondit celui-ci en levant un pouce vers Del. Mec ! On est des cousins-frères maintenant.

Cassidy émit un énorme grognement.

— Euh, non. Mais tu fais désormais partie d'une plus grande famille. Et j'en suis heureuse.

Lance et Sophie emmenèrent les quatre enfants dans une zone pleine de neige immaculée pour construire de petits bonhommes de neige. Marvin fut félicité pour son travail ce jour-là, et il accepta les remerciements avec philosophie jusqu'à ce qu'Angie – l'assistante de Del – s'approche et lui plante un baiser sur la bouche.

Voir l'homme élan rougir rendit la journée de Blue encore plus lumineuse.

La fête battait son plein lorsque Stephanie le prit par la main et le tira vers l'avant de la maison.

Viens avec moi.

J'adore qu'on puisse parler comme ça, dit-il. *Où allons-nous ?*

C'est des secrets.

Le premier étant que Birdie était garé devant le lodge.

— Tu as récupéré ma voiture.

— C'est Lance qui l'a récupérée, rectifia Steph en se glissant derrière le volant.

Blue s'installa sur le siège passager avec amusement.

— Où m'emmènes-tu ?

À la maison.

La sensation de chaleur en lui ne cessait de croître.

Elle le tira vers la porte d'entrée, un sourire malicieux sur les lèvres.

— Est-ce qu'on est bon en ce qui concerne toute la magie d'aujourd'hui ? Tout va pour le mieux ?

— Non, mais ça fait partie de la joie d'être un Omega. On aime improviser au fur et à mesure que les choses se présentent, répondit Blue en verrouillant sa porte d'entrée avant de se tourner vers elle. Et l'une des joies d'être en meute, c'est qu'il y a toujours des gens pour nous soutenir. Ils nous diront s'ils veulent qu'on leur en dise plus.

Le dos de Stephanie heurta la porte de la chambre. Blue posa une main sur le chambranle au-dessus de sa tête et posa un regard brûlant sur elle.

Elle était tellement à sa place, ici. Dans sa maison. Dans son cœur.

Dans sa tête. *Je t'aime.*

Je t'aime aussi.

Elle lui échappa et se précipita vers le lit. Un instant plus tard – bon sang, elle était presque aussi douée qu'un loup pour se déshabiller – ils étaient tous les deux nus et elle était assise sur ses genoux. Une position merveilleusement érotique.

Stephanie l'embrassa le long de la mâchoire.

Ce qui est bien dans le fait de parler comme ça, c'est que je peux t'embrasser en même temps.

Ne casse rien en étant multitâche, la taquina-t-il. *Je t'aime en un seul morceau.*

Je t'aime en morceaux.

Elle lui mordilla le lobe de l'oreille et c'était comme si elle venait d'appuyer sur tous les nerfs de Blue. C'était le bouton de tous ses rêves érotiques et lubriques.

Il s'efforça pourtant de se maîtriser car il refusait de réagir en la jetant sur le lit pour la baiser jusqu'au lendemain.

Steph frotta son sexe humide sur son membre, et ce fut la prochaine étape vers le paradis. Elle se redressa avant de glisser vers le bas. Encore mieux.

Il essayait de garder la tête froide quand elle le mordit à nouveau.

Toute idée de lenteur et de contrôle disparut. Heureusement, Stephanie était tout aussi excitée que lui. Quelques secondes plus tard, le lit tremblait déjà, et la chambre était remplie de respirations haletantes et de cris de plaisir.

— Steph, dit Blue en changeant de position pour appuyer stratégiquement sur son clitoris.

Elle fut submergée par l'orgasme.

Il la rejoignit durant l'orgasme suivant, tous deux riant et s'étreignant sans cesse de s'embrasser.

Longtemps après, elle s'éloigna un peu et lui lança un regard brumeux.

— Salut, compagnon.

— Salut.

Steph se blottit dans ses bras, exactement là où elle devait être.

— Nous sommes en lune de miel.

— Vraiment ?

— Oui. Parce que notre meute peut se débrouiller sans nous pendant quelques jours. Et on a une famille qui sait quand il faut être solidaire et laisser les gens célébrer les bonnes choses de leur vie.

Et vous êtes compagnons. Ce qui veut dire que vous devriez passer du temps ensemble pour renforcer vos liens. Même si je pense qu'il est déjà fort comme ça.

Les yeux de Steph s'écarquillèrent.

— Tu as entendu ?

Enfin ! Dieu merci.

— C'était BP, n'est-ce pas ?

Elle hocha la tête.

— Bien. Je me demandais comment ça allait se passer avec ça.

Je peux toujours ne parler qu'à Stephanie si je veux, mais je ne pense pas que ça sera souvent nécessaire.

— Juste quand on voudra organiser une fête d'anniversaire surprise, ou ce genre de choses, n'est-ce pas ? demanda Steph.

Humains stupides.

BP ne dit plus rien, et Blue se concentra sur la personne la plus importante à ses yeux.

— Es-tu heureuse, mon amour ?

Elle réfléchit puis hocha la tête.

— Je le suis. Pas parce que ma famille l'est, même si je suis contente de ça. Et pas parce qu'on a remporté

Timberwolf Lodge, même si j'en suis contente. Je suis heureuse parce que je t'ai.

— Moi aussi. Que tu sois à moi : mon amie, mon amante. Ma compagne.

Quoi de plus parfait pour un Omega ?

20

L'hiver était bel et bien installé, et Timberwolf Lodge se paraît d'une couche de blanc digne d'une carte de Noël. La lumière du soleil scintillait sur toutes les surfaces, et partout où le regard de Blue se posait, les signes de la saison des fêtes se mêlaient à la preuve que des loups et des enfants heureux vivaient ici.

La piste de luge avait été damée de sorte qu'une bonne glissade puisse transporter un loup jusqu'au milieu du lac gelé, sur le ventre ou sur un traîneau.

La meute s'agrandissait. Dwight avait décidé de rester, et il sortait avec une amie d'Angie. Marvin faisait la cour à Angie. La dernière fois que Stephanie avait vu l'élan, il se parlait à lui-même, et se demandait s'il devait lui offrir de la poésie ou des fleurs.

Stacy soupira joyeusement.

— Regardez-les. Je veux dire, regardez-les vraiment.

Elle désigna ses fils, qui étaient au milieu des enfants de la meute, heureux comme des cochons dans la boue. Ace et Blaze couraient partout, les bras écartés comme s'ils étaient des avions. Colt était sous sa forme de loup, la tête baissée, la queue relevée, aboyant avec enthousiasme comme un chiot avant de bondir sur son nouveau meilleur ami. Tous deux dévalèrent la piste de luge, leur excitation résonnant dans les montagnes.

— Oui, j'imagine qu'on peut dire qu'ils sont mignons, dit Cassidy en sirotant son thé avec une nonchalance exagérée. Je suppose que c'est une bonne chose. Jace et moi en avons commandé un pour le printemps.

Il fallut une seconde pour que Stephanie et sa sœur se lèvent toutes les deux en poussant des cris de joie et serrent Cassidy dans leurs bras pour la féliciter. Il leur fallut quelques minutes ensuite pour se rassoir et continuer leur conversation.

— Ça semblait être le bon moment pour fonder une famille, étant donné que tout se passe bien dans la meute.

— Del dit que si la meute s'agrandit dernièrement, c'est surtout parce que l'équipe de dirigeants est au complet, dit Stacy avant d'ajouter en chuchotant : Je pense que c'est parce que toutes les trois, on assure.

Stephanie étendit ses jambes et les posa sur les genoux de sa sœur.

— Voilà ce que ça donne de s'investir à fond. Il faut se fixer ses objectifs et se lancer.

— Voilà encore autre chose que je trouve vraiment amusant. Le fait que tu aies toujours parlé comme ça, à écouter le charabia de l'univers, mais que maintenant tout le monde l'écoute et se dise : « Ooh, l'Omega a parlé. » Alors qu'on sait très bien que tu balances simplement tout ce qui te passe par la tête, sauf que tout ton baragouin rend les gens heureux.

Stephanie posa les mains sur sa poitrine et prit un ton royal pour parler.

— Si c'est notre devoir d'amuser la foule, alors nous ferons de notre mieux.

Puis elle passa un bras autour des épaules de Cassidy, et l'embrassa sur la joue.

— Et puis ça me rend heureuse. Je pense qu'Omega est une description de poste comme une autre.

— Au fait d'avoir le bon emploi pour la bonne personne, au bon endroit, dit Stacy en levant sa tasse. Hip, hip, hip, hourra.

— Higgity piggity, renifla Stephanie. Désolée, ça n'existe pas.

— Ça marche, dit Cassidy en terminant le rituel. Huggity. Je vous aime, les filles.

— Je t'aime aussi, répondirent les deux autres.

Cassidy prit un air pensif avant de déclarer :

— Ce n'est pas seulement à cause de tout notre travail ou le fait qu'on se démène pour remplir Timberwolf Lodge avec les clients. Nous avons trois hommes formidables dont on est éperdument amoureuses.

— Qui aurait imaginé ça le jour où tu nous as inscrites à la tombola pour gagner ce lodge ? acquiesça Stacy.

C'était vrai, songea Stephanie. Aucune ne savait ce qu'elle allait trouver en se lançant dans l'aventure.

Mais peut-être que ça faisait partie de la récompense : faire ces premiers pas et aller jusqu'au bout. Et puis sur le chemin, de bonnes choses qui les attendaient.

Ses amies partirent rejoindre la meute pour construire des forts de neige au bord du lac. Stephanie qui avait repéré Blue venant vers elle, réorganisa les coussins et les couvertures et tapota la place à côté d'elle afin qu'ils se blottissent l'un contre l'autre en admirant le paysage hivernal.

Bonjour, mon amour.

Bonjour à toi aussi.

Il l'embrassa tendrement, ses mains se glissant sous la couverture vers des endroits intéressants. Lorsqu'il s'arrêta, elle n'avait plus du tout froid.

— C'est gentil de ta part de passer. Dis-moi qu'on va rapidement s'isoler dans un endroit privé.

— Bientôt. Mais pour l'instant, je faisais des maths.

Stephanie haussa un sourcil.

— Dois-je sortir mon carnet ?

Il se mit à rire.

— Je me disais que je me sentais désolé pour moi-même en début d'année. Jace et Cassidy sont devenus compagnons tout de suite après leur arrivée ici. Puis Stacy est arrivée, et elle et Del ont fini par devenir compagnons aussi, bada-boom, bada-bing.

— C'est musical tes mathématiques.

Il lui prit la main.

— Mais est-ce que tu savais que c'était nous qui détenions le record ?

— Il me semble pourtant que c'est Lance et Sophie, qui sont devenus instantanément compagnons en se faisant pratiquement l'amour du regard.

Blue agita la main.

— Je voulais dire, entre ceux qui n'ont pas pratiqué l'amour-express.

Stephanie se blottit contre lui, les bras autour de ses épaules.

— Dis-moi. Tu en meurs d'envie visiblement.

— Je t'en prie. Il me semble qu'on avait décidé qu'il n'y aurait aucune mort ou menace de mort à Timberwolf Lodge pendant au moins un an.

Elle se mit à rire.

— Donc, les mathématiques démontrent qu'à partir du

moment où Jace m'a dit que Cassidy était sa compagne jusqu'au moment où c'est devenu vrai, vingt-cinq jours se sont écoulés.

— Les fainéants.

— Tu m'ôtes les mots de la bouche. Passons à Del. On va lui laisser un peu le bénéfice du doute, parce qu'il a commencé à renifler à Timberwolf Lodge avant même l'arrivée de Stacy.

Stephanie fronça le nez.

— Pouah, j'avais oublié ça. C'est mon beau-frère. Je ne veux pas me souvenir de lui en train de me renifler.

— Les loups reniflent, c'est une réalité. C'est le fardeau que nous devons porter.

Puis il leva les doigts et passa du cinq au quatre.

— Vingt-quatre jours.

— Arrête. C'est trop drôle.

— Mais toi et moi ? poursuivit Blue en lui tapotant le nez. Nous sommes un miracle de magie.

— Tu dois utiliser de nouvelles méthodes de maths, parce que tu as su que j'étais ta compagne au moment même où Jace a posé les yeux sur Cassidy. C'est ce que j'ai entendu en tout cas.

Blue secoua la tête.

— Je savais que tu étais une personne susceptible de devenir ma compagne, ce qui était très déroutant pour être honnête. Le premier moment où j'ai su avec certitude que tu allais être ma compagne, c'est quand nous sommes restés coincés dans le chalet.

Oh vraiment ?

— Maintenant que tu le dis, je me souviens avoir pensé la veille de l'histoire du chalet que tu me plaisais. Genre, vraiment quoi.

— Ce qui veut dire qu'entre ce moment-là et le moment

où nous sommes officiellement devenus compagnons, il s'est écoulé exactement dix jours. Ta dam.

Elle posa les doigts sur sa bouche pour cacher son sourire narquois.

— Ce n'est pas un concours, mais d'accord.

Blue passa son bras autour d'elle et ils restèrent assis en silence à contempler leur meute. Les rires des enfants se firent entendre. L'un des adolescents commença à chanter un chant de marin et bientôt tous s'y mirent, avec ceux en forme de loup qui hurlaient aux moments opportuns.

Jace leur fit un signe de la main puis prit Cassidy dans ses bras et se dirigea vers les arbres, sa compagne riant si fort que Stephanie l'entendait dans son cœur.

Del et Stacy venaient d'embarquer toute leur famille sur un long traîneau, et dévalaient la colline à toute vitesse. Ils heurtèrent une bosse et tous les cinq partirent dans des directions différentes. Del réussit à rattraper Ace et glissa sous Stacy avant qu'ils retombent, tous en riant de bonheur.

— J'aime être ici, avoua Stephanie. Je me sens vraiment à la maison.

— Ce n'est qu'un endroit, dit doucement Blue. Ce sont les gens qui le rendent meilleur.

Il porta sa main à ses lèvres et l'embrassa, des yeux emplis d'amour fixés sur elle.

Il avait raison, bien sûr. Ce n'était pas la jolie maison ni les magnifiques montagnes. C'étaient eux, tous ensemble. Exactement là où ils étaient censés être.

Chez eux, à Timberwolf Lodge.

~

Vivian Arend, auteure de best-sellers au classement du *New York Times*, vous propose une trilogie feel-good paranormale : **Timberwolf Lodge**.

~

Timberwolf Lodge
Le Jeu et la Chandelle
Le Pari du meneur
Le Sort en est jeté

~

Vivian fait actuellement traduire ses nombreuses séries. Merci de consulter son site web pour toutes les dernières informations.
www.vivianarend.com/fr

À PROPOS DE L'AUTEUR

Avec plus de 3 millions de livres vendus, Vivian Arend est une auteure de best-sellers figurant aux classements du New York Times et de USA Today. Elle a écrit plus de 70 romances contemporaines et paranormales.

Ses livres sont des romans intégraux qui peuvent se lire indépendamment de toute série et ne se terminent pas sur un suspense. Ce sont des histoires pleines d'humour et d'émotions, avec des moments sensuels et des fins heureuses. Vivian estime avoir le plus beau métier au monde. Elle habite en Colombie-Britannique, au Canada, avec son mari depuis plusieurs années (l'inspiration de chacun de ses héros et un compagnon volontaire pour toutes sortes d'aventures).